KB043453

우리는

초식동물과
닮아서

초 보
비 건 의
식 탁 위
생 태 계
일 지

우리는

초식동물과
닮아서

글 ◦ 그림
키미앤일이

니들북

반갑습니다, 일방적인 인사를 받은 그대여.

당신과 저는 어떤 인연이기에 많고 많은 책 중에 하필이면 이 책이 당신의 손에 쥐어지고 또 읽히고 있는 걸까요. 그저 신기하고 신비할 따름입니다. 당신의 지금이 언제인지 모르겠지만, 적어도 저의 지금으로부터는 꽤 시간이 흐른 뒤겠지요. 그 시간의 공백 동안 세상이, 그리고 제가 어떻게 변해 있을지 감히 짐작도 되질 않습니다. 몇 년 전 어떤 책의 원고를 쓰던 저와 지금의 저는 꽤나 다른 생각을 가지고 있거든요. 이런 생각을 하고 있노라면 한 글자 한 글자 써 내려가는 것이 무척이나 조심스럽습니다. 조심스러운 마음을 담아, 우리의 인연에 감사하는 마음을 담아, 그리고 사랑을 담아 집필하였습니다.

스스로가 믿고 있는 어떤 진리나 관념들이 부정당하는 일은 실로 엄청난 것입니다. 그로 인해 생겨나는 반발심은 각자의 영혼에 심겨 있는 자기애 혹은 자존감의 크기와 비례하지요. 마치 여태껏 살아왔던 삶이 잘못되었다고 말하는 것과 같습니다. 생각만 해도 심장이 뛰죠. 나의 관념을 부정하는 그것은 뭐가 그리 대단하기에 그 따위가 뭐라고 내 삶을 평가하는 건가 싶은 생각이 듭니다. 굳이 그 생각을 내비치지 않을지라도 반발심이 드는 것은 예외가 없는 일이며, 또한 당연한 일입니다.

대부분의 것들이 그렇습니다만 특히 더 예민한 것이 몇 가지 있습니다. 종교가 그렇고, 성 정체성이 그렇고, 앞으로 이야기하고자 하는 채식에 관한 것도 그렇습니다.

영화 〈안경〉에서 타에코(고바야시 사토미 분)는 한적한 시골 마을의 작은 숙소를 어이없게 그려진 약도를 보고도 무탈하게 찾아갑니다. 숙소의 주인장 유지코(미츠이시 켄 분)는 이 약도를 보고 헤매지 않은 사람은 3년 만이라고 이야기하면서, 타에코에게 "이곳에 머무를 재능이 있네요."라고 합니다.

지금 이 글을 읽고 있는 당신도 이와 마찬가지입니다. 당신은 재능이 있습니다. 그럼에도 불구하고 책을 읽다가 울화통이 치밀어 오를 수도 있고, 도통 이해가 되지 않을 수도 있고, 전혀 공감하지 못할 수도 있습니다. 그렇다 하더라도 사랑을 담아 쓴 글임을 잊지 않으셨으면 합니다. 그리고 언젠가는 그것이 사

랑이었다고 느낄 수 있는 순간이 당신에게 찾아오길
언제나 언제나 저의 자리에서 기원하고 있겠습니다.

2021년 1월의 어느 날,
키미앤일이

Contents

Prologue   4

1.   오늘은 나도 채식 한번 해 볼까

초보 비건이 쓰고 있어요   12

나 그냥 채식 뚱뚱이 될까   15

육식이라는 설정 값   22

단백질에 관한 첫인상   28

네오의 빨간 약   34

다를 뿐 틀린 건 아니야   39

채식 지향과 비건 사이   44

비건으로 산다는 것   52

가끔은 놓아 주는 것도 방법   58

채식 레시피 ① 마늘두부밥   63

2.   사랑을 나누는 일에 관하여

라 시오타가 내게 알려 준 것들   68

나를 사랑하는 것에서부터   77

사람에게 맞는 에너지원   82

건강하게 오래 살고 싶습니다　　　91

동물을 사랑한다면　　　101

비건 푸드를 넘어 비건 라이프　　　111

딜레마를 극복할 수 있을까　　　121

그러니까 결국은 사랑　　　129

채식 레시피 ② 야채수프　　　133

3.　나와 모두를 위한 일

자연 예찬　　　138

자연스러움　　　145

살기 위한 조건　　　150

환경 과목을 아시나요　　　157

비건을 방해하는 세 가지 요소　　　165

비건이라서 다행이야　　　173

비건이 좋은 세 가지 이유　　　180

오늘의 한 발짝　　　192

1.

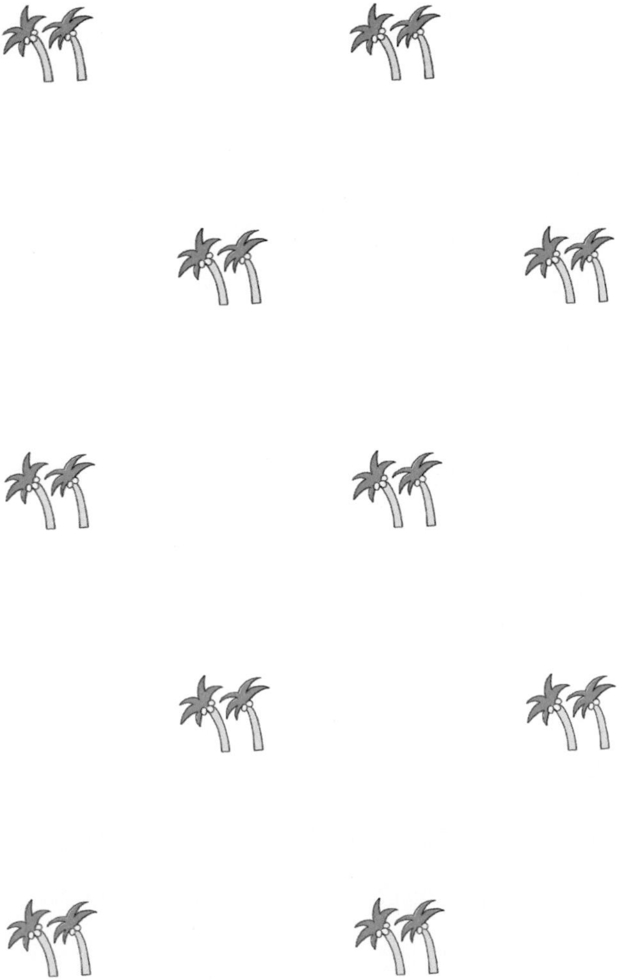

오늘은 나도 채식 한번 해 볼까

초보 비건이 쓰고 있어요

완전 채식 그러니까 비건(동물을 착취해 만든 모든 것에 대한 소비를 지양하는 사람)으로 살고자 마음먹고, 실천한 지 2년째로 접어들었다. 채식 지향으로 살아왔던 시간, 비건으로 살아온 시간을 모두 합해도 3년이 채되지 않는다. 내 인생의 10분의 1도 되지 않는 시간이다. 무슨 말인가 하면 (군이 분류할 필요는 없겠지만) 나는 '초보 비건'이라는 것이다. 채식에 관해 대단한 지식을 갖고 있지도 않고, 전하고자 하는 메시지가 뚜렷하지도 않다. 그런 주제에 민감하기 짝이 없는 주제로 글을 쓰는 이유는 하나다. 그럴 수밖에 없기 때문. 무슨 일에서건 아직 초심을 잃지 않은 자의 가슴은 뜨겁다. 채식을 향한 뜨거운 가슴을 가지고 있는 자로서 내가 할 수 있는 몇 안 되는 일을 하는 것이다.

이리 할 수밖에 없어 글을 쓰기로 마음을 먹긴 했지만, 두려운 마음 또한 가득하다 못해 넘친다. 적절하지 않은 단어나 문장을 사용해 반감을 사면 어떡하나, 어떤 토론의 장에 부딪혀 내 무지가 금세 탄로 나면 어쩌나 덜컥 겁도 난다. 나는 겁이 많아 이런 생각에 사로잡히면 대체로 숨거나 피하는 편이다. 다각도에서 생각해 봐도 군이 이건 내가 하지 않아도 되는 일이 분명하다. 하지만 역시나 나는 이럴 수밖에 없다. 이는 비건으로서의 내가 무척 행복하기 때문이자, 이 마음을 누군가와 나누고 싶은 초심자의 열정 때문이다. 이 초심자의 순수한 열정이 부디 당신에게 닿길 바란다.

그렇게 닿아서 산책을 하다 문득, 친구들과 수다를 떠는 와중에 문득, 맛있는 음식을 눈앞에 두고 문득 '오늘 하루 한 끼 정도는 나도 채식을 해 볼까?' 하는 생각이 당신의 가슴에 피어났으면 하는 바람이다. 단 한 명이라도 그럴 수 있다면 그것만으로도 나는, 적어도 나는 충분하다.

나

그냥

채식

뚱뚱이

될

까

채식을 시작하고 주변 사람들에게 가장 빈번하게 듣
는 말 혹은 질문은 '어떻게 고기를 안 먹을 수 있어?'
였다. 이 질문은 다시 두 가지 뉘앙스로 나뉜다.

첫째, '그 맛있는 걸 안 먹고 어떻게 살아?' 내지는
'그 맛있는 걸 어떻게 안 먹고 살아?'

둘째, '단백질 섭취를 못해서 영양 결핍 생기는 거 아냐?'

추측건대 채식 생활에 대한 궁금증을 가진 이들에게 가장 큰 이슈 또한 이 두 가지 뉘앙스와 동일한 것이 아닐까 싶다. 반대로 이 두 가지 문제를 간단히 해결할 수 있다면 지금보다 채식 인구가 훨씬 더 늘지 않을까.

이런 질문을 받을 때면 나는 늘 한결같이 답한다.

"고기를 안 먹는 게 가장 쉬워요."

'고기를 먹으면 안 된다.'라는 전제를 두고서 적당한 먹거리를 생각해 내는 일은 처음엔 참 고역이다. 분명 제약이 많은 일이기도 하다. 하지만 우리가 누구인가. 발명의 기질을 타고난 개체들 아닌가. 대체로 시대를 풍미한 발명품은 필요에 의해 탄생하지 않았던가. 그렇다. 제약은 발명과 발전의 초석이다.

고기를 먹지 않겠다는 생각은 자연스럽게 채식 레시피를 고민하게 했고, 공산 식품 중 어떤 비건 제품들이 있는지 탐구하게 했다.

이쯤에서 단호하게 말하면, 생각보다 엄청나게 많은 비건 식품들이 존재한다. 단지 '먹을 수 있는 것'이

아닌, '맛있는 것'이. 맛있는 게 정말 많다. 입맛은 상대적이라 자신 있게 권하기는 좀 그렇지만(겁쟁이라 그래요) 보통 입맛인 내가 만족하고 있으니 분명 대부분의 사람들도 흡족해할 것이다. 먹을 게 많은 데다 대부분이 맛있어서 나는 아내에게 이런 말까지 했다.

"나 그냥 채식 뚱뚱이 될까?"

실제로 식탐도 많고 음식을 너무나도 사랑하는 1인이라 제법 진지하게 한 말이었다. 이게 어느 정도의 느낌이냐면 나는 고기를 끊은 것만으로도 몸무게가 8킬로그램 정도 빠졌는데, 그럼에도 불구하고 채식 뚱뚱이가 되겠다는 건 정말이지 거침없이 먹겠다는 선전포고의 다름 아니다. 그만큼 채식 생활이 생각보다 퍽 즐겁다는 뜻도 담겼다.

뭐 이런저런 이야기를 덧붙여 고기를 안 먹는 건 쉬운 일이라고 진땀 흘려 가며 설명해 봐도(잘못한 것도 없는데 꼭 변명하는 기분이 들곤 한다) 공감 받지 못할 때가 대부분이다.

어쩌면 지금 이 글을 읽고 있는 당신도, '아니, 어째서 고기를 안 먹는 게 가장 쉽다는 거지? 말도 안 돼!'라고 생각하고 있을지 모르겠다. 도무지 이해할 수 없겠지만 나로서는 그렇다는 것이다. 허나 입장 바꿔 생각해 보면 이해가 되지 않는 것 또한 당연하다. 나 역시 채식을 하기 전에는 똑같은 의문을 품었으니까.

'어떻게 고기를 안 먹고 살아갈 수 있다는 말이지?'

하지만 지금의 나는 정말 고기를 안 먹는 게 가장 쉽게 느껴진다. 동물성 식품을 먹지 않다 보면 어느 순간 깨닫게 되는 어떤 생각들이 있다. 그 깨달음으로 인해 도저히 할 수 없게 되어 버리는 행위들이 되레 나를 더 힘들게 하는 경우가 많다.

한 가지 예를 들면 나는 애연가다. 담배를 너무나도 좋아한다. 담배는 담뱃잎으로 만들기 때문에 육식과는 아무 상관이 없는 것처럼 보이지만, 담배 생산을 위해 대부분의 회사들이 동물 실험을 하고 있다. 동물권에 대한 생각 때문에 육식을 하지 않는 것인데 동물 실험을 감행하며 만든 담배를 피우는 행위는 분명 모순이다. 이 모순을 깨닫고 나면 담배를 차마 피우기 힘들다. 간혹 동물 실험을 하지 않고 만들어진 담배들도 있지만, 우리나라에서는 구하기가 어렵다. 그러니 애연가인 내 입장에서는 고기를 먹지 않는 것보다 금연을 하는 게 훨씬 더 힘들다. 고기를 대체할 수 있는 것들은 꽤 많다. 그렇지만 (어디까지나 내 입장에서) 담배는 대체제가 없다. 순수하게 참고 견뎌야 한다.

이 한 가지 예만으로는 썩 공감이 안 될지도 모르겠지만, 분명한 건 담배뿐 아니라 생활 곳곳에는 우리의 편의를 위해 동물들의 엄청난 희생이 수반된 것들이 존재한다. 그걸 다 알고 나면 차라리 고기를 안 먹는 것이 더 쉽다는 내 말에 어느 정도는 공감할 수 있을 것이다.

내가 애써 알려고 하지 않아도 고기를 먹지 않는 것만으로도 어느 순간 깨달아지는 어떤 생각, 앞서 이야기한 대로 결국 이 어떤 생각들 때문에 고기를 먹지 않는 게 차라리 수월하다. 그런데 도대체 그 깨달음이라는 둥 어떤 생각이라는 둥 하는 게 뭐냐고 묻는다면 내 역량에서 아직 일목요연하게 설명하기가 불가능하다.

각성하지 않으면, 각성이 되지 않으면 절대로 느낄 수 없는 다른 차원이기 때문이다. 마치 영화 〈매트릭스〉처럼. 영화에서 네오(키아누 리브스 분)가 빨간 알약을 먹고 깨어난 후 마주한 세상이 기존의 관념들이 적용되지 않는 완전히 새로운 세계였듯 나 역시 그랬다. 즉, 각성이라는 걸 하게 되면 고기를 먹지 않고 살아가는 것이 쉬울 수 있다는 이야기다. 그런데 애석하게도(?) '각성'이라고 표현하고 있는 이 전환점 혹은 어떤 계기는 말처럼 쉽게 일어나거나 불쑥 찾아오는 것이 아니다.

모든 일이 그렇듯 의지가 필요하고 크든 작든 일종의 고통이 따른다. 네오가 모피어스(로렌스 피시번 분)의 손바닥 위에 놓인 빨간 알약과 파란 알약을 두고 고민했던 것처럼, 그리고 결국은 빨간 알약을 선택했던 것처럼 말이다. 선택은 순전히 자신의 몫이다.

어찌 됐건 나로서는 모순을 줄이기 위해 고기를 먹지 않는 쪽을 택했고, 지금은 그 편이 훨씬 수월하다.

육식이라는 설정값

자, 이제 '고기를 안 먹는 게 가장 쉬워요.'라는 말이 전혀 이해되지 않는 사람들의 입장에서 이야기해 보자면, 이해가 안 되는 게 너무나도 당연하다. 너무 당연해서 구구절절 설명까지 해야 하나 싶을 정도지만 그럼에도 불구하고 설명해 보자.

일반론적인 관점에서 보면 우리는 우리의 의지와 전혀 상관없이 육고기 혹은 동물성 식품에 익숙해졌다. 우선 우리는 인간으로 태어났다. 인간은 포유류 중에서 스스로의 능력으로 취식할 수 있기까지 가장 오랜 시간이 필요한 동물이다. 영유아기 때는 부모의 도움이 없으면 생명을 부지하기가 불가능에 가깝다. 즉, 스스로 음식을 구할 수 없으니 부모에게 공급받은 음식에 의존할 수밖에 없는 것이다. 따라서 좁게는 부모로부터, 넓게는 사회로부터 음식에 대한 기본 설정 값을 물려받게 된다(여기서 설정 값이란 입맛, 식성, 식습관 같은 것들이다). 싫든 좋든 상관없이 말이다. 우리의 부모도 역시 그랬고, 조부모도 마찬가지였으며, 옆집 사는 철수도, 이웃나라 나카무라 상도, 바다 건너 아메리카 대륙에 사는 파란 눈의 어떤 이도 그랬다. 그리고 우리나라도, 이웃나라도, 바다 건너에 있는 아메리카도 대부분 동물성 식품, 즉 육식이 기본이자 필수 음식이다. 그러니 '고기를 안 먹는 게 가장 쉬워요.'라는 말은 그냥 개소리인 거다.

나 역시 마찬가지였다. 이 기본 설정 값이 얼마나 무시무시한 힘을 가지고 있냐 하면, 본격적으로 완전

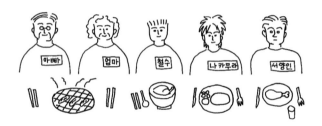

채식을 시작하고 몇 달이 지난 어느 날이었다. 하루가 멀다 하고 채식을 찬양하던 어느 날, 감기 기운에 휩싸여 으슬으슬하고, 기력도 입맛도 없었다. 그날을 또렷하게 기억한다. 그즈음의 나는 온통 채식 생각뿐이었다. 머리와 가슴을 넘어 내 영혼이 채식으로 가득했던 때다. 그랬던 나인데 아주 잠시나마 그런 나를 흔드는 일이 벌어졌다. 난 그저 감기 기운에 몸이 살짝 허했을 뿐이다. 겨우 그뿐이었는데 나도 모르는 사이 반사적으로 '오늘 밤에는 영양 보충할 겸 고기라도 먹어야 하나?' 하는 생각이 잠시 스쳤다. 내가 채식을 시작하게 된 계기가 '건강을 챙기기 위해서'였는데도 불구하고 말이다. 내 안에 잠재되어 있는 이 설정 값은 정말 엄청난 파괴력을 가지고 있는 게 분명하다고 확신했던 순간이다.

내 의지와 확신에 반하는 생각임에도 불구하고 그 따위 무슨 상관이냐는 듯 전혀 개의치 않고 '육식에 대한 생각'은 불쑥 찾아왔다. 무시무시하게 느껴졌다. 이 생각은 어느 때고 찾아와 모든 것을 한순간에 원상 복구시켜 버릴 수 있는 힘을 가지고 있구나!

이 기본 값은 우리가 스스로 사고하기 전부터 자연

스럽게 설정됐다. 그건 부모의 의무였고, 우리의 생존 본능이었다. 그렇게 우리 영혼에 깊숙하게 새겨진 음식에 대한 이해와 맛의 정의, 영양소에 대한 상식, 이 기본 값으로부터 벗어나는 음식이나 식단은 어색할 수밖에 없다. 그것은 너무나 당연한 이치다.

우리는 일평생 고기는 단백질 덩어리이자 힘의 원천이며 거기에다 심지어 맛까지 좋은 음식이라 확신하며 살았다. 그리 배웠으니 당연하다. 그리고 우리의 혀가 말하지 않았던가. 맛있다고. 더 먹고 싶다고. 다른 식자재에 비해 가격이 비교적 높다는 단점이 있긴 하지만, 쉽게 취하지 못하는 것은 욕망과 갈증을 더욱 증폭시키기 마련이다.

우리는 고기를 마다할 이유 따위가 애초에 존재하지 않는 환경에서 평생을 살았고 지금도 살아가고 있다. 고기는 아주 자연스럽게 우리에게 너무나도 당연하며 타당한 것이 되었다. 이리도 익숙하고 맛있고 심지어 필요한 영양소까지 챙겨 주는 음식을 먹지 않고 살겠다고 하니, 이해가 되지 않는 마음이 피어나는 것은 당연한 것을 넘어 일종의 반작용 같은 것이다.

이렇게 우리의 DNA에 새겨져 있는 진리 혹은 믿음을 거스르는 것은 결코 쉬운 일이 아니다. 아니, 단순히 쉽고 어렵다는 단어로 이야기할 수 있는 문제가 아니다. 그건 마치 독실한 불교신자가 기독교로 개종하는 것에 비견할 만하다. 그만큼 육식에서 채식으로의 전환이 어렵다는 말이다.

게다가 일반적이지 않은 것은 대체로 꺼려지기 마련이다. 사회적 동물인 인간이 '일반적인 것'을 선택하는 건 본능에 가까운 행동이다. 일반적이지 않은 것에는 반드시 차별이 따르기 때문이다. 그것이 무엇이든지 간에. 다만 어떤 것들은 너무 미비하여 차별이라고 인지하지 못할 뿐이다. 하지만 우리는 경험을 통해 알고 있다. 다르면 차별받는다는 것을.

앞서 나는 이 책에 관심을 보인 당신을 향해 재능이 있다고 말했다. 왜 재능이 있다고 말했는지 이제 알게 되었으려나? 이 모든 불리한 상황에서 어찌 되었든 고기를 먹지 않고 살아간다는 건 결코 쉬운 일이 아니다. 하지만 재능이 있는 당신은 그리 될 수 있을 거라 생각한다. 물론 당신이 원한다면 말이다.

단
백
질
에

관
한

첫
인
상

'어떻게 고기를 안 먹을 수 있어?'의 두 번째 뉘앙스
인 단백질 결핍에 대한 '견해'를 이야기하자면, 본격
적으로 채식을 시작했을 때 내가 가진 걱정 총량 중
단백질이 가진 지분율은 거의 100퍼센트에 가까웠
다. '고기=단백질'이라는 공식이 내가 알고 있는 단

백질의 전부였으니 '이제 어떻게 단백질을 섭취할 수 있을까?' '단백질 결핍으로 건강에 문제가 생기는 건 아닐까?' 하는 걱정이 들 수밖에.

그러나 그리 오래지 않아 이 걱정은 말끔히 덜어낼 수 있었다. 채식 관련 정보를 찾다 보니 단백질에 대한 오해가 금세 풀렸기 때문이다. 채식을 지향하고 싶은 마음이 크지만 건강 걱정 때문에 망설이는 사람들이 꽤 많다. 아마도 그 마음을 잘 아는 '선배 비건'들이 단백질에 대한 정보를 찾기 쉽도록 곳곳에 정리해 둔 것인지도 모르겠다.

채식으로 인한 단백질 결핍 우려는 앞에서 이야기한 것처럼 우리 의지와 상관없이 사고 체계에 설정된 경우가 대부분이다. 마치 오리가 알에서 깨어나 처음 본 것을 어미로 인식하는 것과 흡사하다. 필수 영양소에 대한 교육은 누구나 받았을 테고, 그때 각인된 단백질에 대한 오해는 생각보다 깊다. 단백질을 섭취할 수 있는 식재료를 소개할 때 보통 동물성 재료가 먼저 언급된다. 소고기, 돼지고기, 닭고기, 달걀, 우유, 그 뒤로 곡물류인 콩까지 이어진 뒤 간략하게 끝이 난다.

단백질은 필수 영양소이기 때문에 반드시 섭취해야 하는데, 콩보다는 고기나 달걀이 훨씬 맛이 좋으니 그쪽으로 시선이 치우칠 수밖에 없었던 것이 아닐까 싶다. 그 상태로 오랜 기간 고착돼 '단백질=고기'이라는 공식밖에 떠오르지 않게 된 것이다.

바로 '최초 이미지 효과'다. 최초의 이미지가 강렬하거나 혹은 마음에 '쏘옥' 드는 것이라 뇌리에 깊이 새겨져 오래도록 지속되고 각인된 것이다. 그런 이미지를 번복하기 위해서는 엄청난 시간과 노력이 필요하다(첫인상이라고 생각해도 될 듯). 우리에게는 유소년기(교사로부터) 혹은 아동기(부모님으로부터) 때부터 단백질의 공급원은 고기라는 이미지가 아주 튼튼하게 박힌 것이다.

이 무서운 효과는 우리가 태어나기도 전, 서구 사회에서 먼저 발생했다. 시간을 거슬러 올라가, 1914년 멘델(Gregor Mendel) 박사와 오즈번(Thomas Burr Osborne) 박사는 동물성 단백질과 식물성 단백질에 대한 연구 결과를 발표했다. 발표 내용은 동물성 단백질이 식물성 단백질보다 월등하다는 것이었고, 그로 인해 세상은 동물성 단백질을 앞다퉈 찬양하기 시작했다.

이 연구는 실험용 쥐를 대상으로 수행되었는데, 이후 이 실험을 인간에게 적용했을 때는 다양한 문제가 생길 수 있다는 연구 결과가 끊임없이 쏟아져 나왔지만(현재도 계속해 나오고 있는 중이다) 우리는 새끼 오리처럼 행동했다. 받아들이지 않은 것이다.

사실 효율적인 측면에서 따지고 본다면 귀리, 현미 같은 곡물의 무게 대비 단백질 함유량이 고기와 비교해 결코 떨어지지도 않을뿐더러, 몸에 이로운 타 영양소를 함께 다량으로 보유하고 있으니 소위 말하는 '가성비(가격 대비 성능 비율)'가 훨씬 좋다. 또한 곡물류에만 단백질이 있는 것도 아니기 때문에 나물이나 채소류를 통해서도 얼마든지 단백질을 섭취할 수 있다.

풀만 뜯어 먹고 사는 소나 말의 근육을 생각해 보자. 고기 한 점 먹지 않고도 탄탄하다 못해 터질 듯한 근육을 뽐내지 않는가. 여태 우리가 고기를 먹으며 얻었던 단백질은 그들이 풀을 통해 섭취해 근육이나 살점에 녹아든 단백질 찌꺼기 같은 것이다. 따지고 보면 양질의 단백질, 그러니까 단백질의 근원은 식물인 셈이다.

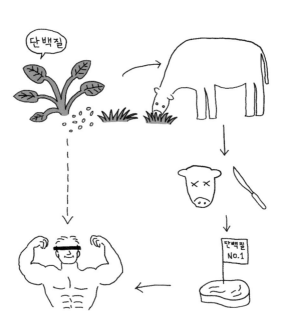

'채식을 하면 영양 불균형이 생긴다.'라는 이야기를 들어 본 사람도 있을 것이다. 기사를 통해서든 책을 통해서든 다큐멘터리를 통해서든 말이다. 분명 잘못된 채식은 영양 불균형을 초래할 수 있다. 그러나 정확히 이야기하면 채식이든 육식이든 영양 불균형은 누구에게나 나타날 수 있다. 채식주의자들에게만 발생하는 문제가 아닌데도 고기를 먹지 않는 사람은 건강 상태가 좋지 않을 것이라는 프레임을 쓰고 바라보는 사람들이 참 많다.

세상에는 당연히 건강하지 못한 비건도 있고, 반대인 경우도 존재한다. 이건 올바른 식습관의 문제이지 채식의 문제가 아니다. 그렇게 따지면 육식에서 영양 불균형이 훨씬 더 많이 발생하는 것 아닌가. 영양 불균형, 단백질 결핍 뭐 이런 문제를 굳이 비건의 단면에서 끄집어내지는 않았으면 한다. 이 문제는 결국 생명을 품고 있는 모든 생물에게 적용되는 문제이니 말이다.

우리는 어느새 장성한 오리가 되었는지도 모른다. 인식하지 못할 뿐. 그러니 그만 고정관념들을 깨부수고 진짜 어미 오리를 찾아보자.

네
오
의
빨
간
약

영화 〈매트릭스〉에서 빨간 알약을 먹기 전 네오의
직업은 해커였다. '매트릭스' 공간에서는 해킹이라는
불법을 저지르며 살아가는 인물이었는데, 현실 로그
인 후에는 '그'라 불리며 인류를 구원할 메시아로 점
철된다. 해커와 메시아라니 어쩐지 상반된 직업처럼

묘사되고 있지만, 미래 언젠가는 해커가 그 역할을 할지도 모르겠다. 여담이지만 1999년에 만든 영화임에도 불구하고 〈매트릭스〉의 설정은 참 대단하다는 생각이 든다.

여하튼 내가 하고 싶은 이야기는 공공 질서를 흩트리는 해커가 새끼손톱만 한 빨간 알약 하나 먹었을 뿐인데, 갑자기 세상의 질서를 바로잡을 수 있는 유일한 인물이 되어 버렸다는 점에 대해서다. 빨간 알약 섭취를 기준점으로 객체의 성질이 전혀 다른 상태가 되어 버린 것 말이다.

성경에는 사도 바울이라는 인물이 나온다. 사도 바울은 개신교, 그러니까 우리가 흔히 알고 있는 기독교 역사에서는 손에 꼽을 만큼 중요한 인물이다. 사도 바울이 없었더라면 기독교가 지금처럼 전 세계 방방곡곡으로 퍼지지 않았을 테고, 또한 종교 자체가 지금처럼 확립되지 않았을 것이다.

이렇게나 큰 역할을 했던 사도 바울은 놀랍게도 원래 기독교(당시에는 기독교라 불리지 않았을 것이다. 예수 그리스도의 존재를 믿는 집단 정도로 생각하면 좋을 듯)를 심하게 박해하는 사람이었다. 그는 자신이 믿는 유대교의 교리를 불순하게 만드는 존재(예수 그리스도)와 그를 추종하는 사람들을 박멸하는 것에 온 힘을 다했다.

네오에게 빨간 알약이 있었다면, 사도 바울에게는 예수 그리스도의 음성이 있었다. 쉽게 풀어 말하면, '바울! 왜 나를 못 살게 굴어?'라는 뉘앙스의 말을 예수 그리스도의 음성으로 들은 바울은 믿기 힘들 만큼 변해 버린다. (전의 행동들이 무색할 정도로) 자신이 그토록 박해하던 존재에 대해서 직접 로마 제국의 주요 도시들을 다니며 전파하는 인물이 된 것이다. 지금의 기독교가 존재하는 데 막대한 공을 세운 바울이라는 인물도 처음부터 그런 건 아니었던 셈이다.

이토록 거창한 예까지는 아니더라도 어떤 계기를 통해 이전과 전혀 다른 사람이 되는 경우는 현실에서도 어렵지 않게 찾을 수 있다. 나부터도 그렇다. 비건이 되겠다고 결심하기 전의 나는 고기를 너무나도 좋아하는 사람이었다. 고기의 맛과 풍미를 사랑하던 내가 비건이 될 것이라고는 생각해 본 적도 없다. 거기에 채식에 관한 글까지 쓰고 있다니! 과거의 내가 지금의 나를 지켜보고 있다면 아마도 무척 당황하고 있을 것이다.

솔직히 나는 비건이 되어야겠다고 단단히 마음을

먹거나 갈망했던 건 아니다. 나 스스로는 전혀 눈치채지 못했기 때문에 그냥 '어느 순간'이라고 말하고 있지만, 비건에 대한 생각은 서서히 내 마음속 좁은 틈으로 스며들어 와 나의 세계 혹은 사상들을 빠른 속도로 잠식해 갔다. 어떤 것에서 다른 것으로의 전환은 대체로 이런 것 같다는 게 나의 생각이다.

그러니까 내가 하고 싶은 말은 모든 비건들이 처음에는 논비건이었다는 것이다. 즉, 지금 논비건이라도 계기만 있으면 언제든 비건이 될 수 있다는 말이다. 그러니 고기가 너무 맛있어서 '비건 따위 개나 줘 버려.'라고 생각하지는 않았으면 좋겠다. 나와는 완전 다른 세상의 이야기라고 생각하지는 않았으면 좋겠다. 나에게 그랬듯이 언제든 당신에게도 일어날 수 있는 일이니까.

이 책을 읽고 있는 당신은 분명 채식에 대해 나름의 관심을 두고 있는 사람일 것이다. 그렇다면 언제든 비건이 될 가능성이 있다. 그러니 채식을 향해 조금만 더 마음을 열어 두었으면 바람이다. 도무지 상상하지 못 했던 방식으로 '어떤 계기'가 당신에게 불쑥 다가올지 모른다.

다를 뿐 틀린 건 아니야

채식과 종교는 닮은 구석이 꽤 많다(그렇다고 느낀 순간
부터 이 말을 많이 우려먹고 있다). 그중에서도 수행자의
자세가 필요하다는 점과 간혹 이방인 취급을 받는 경
향이 있다는 점이 가장 두드러진 것 같다.

비단 종교라 함은 '신'이라는 대상을 믿고 섬기며 따

르는 것이 밑바탕이 되고, 각 종교가 세운 규율을 지키며 삶을 영위하는 것이라 할 수 있다. 여기서 '신'이라는 대상을 '채식'으로 바꿔 버리면 얼추 비슷한 맥락이 된다(그렇다고 채식을 신격화하진 않습니다. 오해 마시길).

비종교인의 입장에서 보면 종교인은 퍽 아집스러운 사람들이다. 자신들이 믿고 있는 교리를 진리로 내세우기 때문에 대개 그렇게 비친다. 또한 그들에게는 자신이 완전한 것으로 여기는 진리를 타인에게까지 전파하고 싶은 순수한 욕구가 마음속에 기본적으로 내재돼 있다. 문제는 이 순수한 욕구가 어떤 식으로 표출되느냐는 것이다. 잘못된 방식으로 표출돼 오히려 안티를 더 긁어 모으는 경우를 수없이 봤다. 최근 뉴스(코로나19 관련)를 장식하고 있는 종교인들의 잘못된 대응도 이와 일맥상통한다. 타인을 배려하지 않은 채 자신들이 믿는 진리만을 내세우고 그것을 인정받길 원하는 것은 완벽한 어불성설이다.

나 또한 채식에 대해 이야기할 때 이런 실수를 범하지 않기 위해 나름의 노력을 한다. 하지만 결코 만만한 일이 아니다. 중심을 잘 잡지 않으면 나도 모르는 사이 한쪽으로 치우치기 십상이다.

비건이 논비건들에게 혹은 종교인이 비종교인에게 어떤 이야기를 할 때 중요하게 여겨야 할 것은 옳고 그름을 논하기에 앞서 이해와 존중을 마음에 품는 것이다. 하늘 아래 완벽한 인간은 존재하지 않는다. 누구나 실수하고 후회하고 반성하기를 반복한다. 규율에 얽매여 본질을 놓치지 말아야 한다. 동물을 존중하는 마음으로 비건이 된 사람들이 참 많다. 그들을 존중하듯 고기를 좋아하는 사람들도 존중하는 마음을 잊지 말아야 한다.

얼마 전 채식 관련 기사의 댓글을 본 적이 있다. 참 슬펐다. 적어도 내 판단으로는 맹목적인 공격성 댓글들이 태반이었다. 뚜렷한 이유가 없어 보였다. 반대의 경우도 만만찮다. 여기서 중요한 것은 그 댓글들은 소수의 견해일 뿐이라는 것이다. 고기를 좋아하는 모든 사람들이 비건을 혐오하지 않는다. 마찬가지로 모든 비건들이 고기 먹는 사람들을 비난하지 않는다. 채식은 옳고 육식은 틀린 것, 반대로 육식은 옳고 채식은 그른 것이라고 선을 긋고 싸울 필요도 이유도 없다. 애초에 우리에게 각자를 비난할 자격은 주어지지 않았다.

몇 해 전 페미니즘 열풍이 아주 매섭게 불었고, 그때의 후폭풍이 여전히 뜨겁다. 이와 관련한 인터넷상의 논쟁을 가만히 지켜보고 있노라면, 페미니즘의 편에 서서 발언을 하는 사람들이 되레 페미니즘을 업신여기고 있다는 생각이 들 때가 제법 많다. 그런 사람들은 차라리 가만히 있으면 좋을 텐데 하며 안타까웠던 적이 한두 번이 아니었다. (이런 소수 때문에 올바른 목소리를 내는 사람들의 사기가 꺾인다.) 기본적으로 페미니즘은 여성 대 남성의 편 가르기가 아니다. 하지만 이미 본질은 희미해져 편은 갈려 있고 서로 물어뜯기 바쁘다. 굳이 그래야 할까? 우리는 여자이기 이전에, 남자이기 이전에 모두 인격을 가진 사람이라는 사실을 잊지 말아야 한다. 인간은 평면적이지 않은데도 우리는 타인을 바라볼 때 간혹 단면만 보고 판단하는 실수를 범한다. 성별은 우리가 가지고 있는 셀 수 없이 많은 면 중 하나일 뿐이다.

채식 인구도 꾸준히 증가하고 있는 추세인데, 어쩐지 이와 비슷한 형태의 의미 없는 논쟁이 쏟아질 것만 같다. 이런 행태가 다시 일어나지 않았으면 하는 바람이다.

여러분, 제발 싸우지 마세요.

우리는 서로 사랑을 해야 합니다.

채식인, 육식인 들이여, 편 가르지 말고 각자의 자리에서 더 올바른 방향으로 나아갈 수 있도록 화합합시다.

존중하는 마음을 잃지 않는다면 그리 어렵지 않을 거라 생각해요.

존중, 존중, 존중, 또 존중입니다.

추신: 그럼에도 불구하고 채식의 세계로 넘어오시는 것은 언제나 환영합니다. (어서 오세요. 꾸벅.)

채
식

지
향
과

비
건

사
이

채식 지향에서 비건으로의 전환에는 나름의 결의가
필요했다. 채식 지향으로 살아갈 땐 고기가 먹고 싶
다는 생각이 들면, 꽤 고민을 하더라도 결국 먹는 경
우가 대부분이었기 때문이다(자주 먹은 건 아니지만). 이
자유로움을 유지하고 싶어 계속해서 채식 지향으로

사는 게 정답이라 여겼다(나는 자유로운 영혼이라 '자뻑' 하며. 덜덜덜). '썸' 그러니까, 나는 이런 식으로 육식과 혹은 채식과 '썸'을 타고 있었다.

내가 캠퍼스의 낭만을 즐기던 시절에는 '썸'이라는 단어가 존재하지 않았다. '썸'이라는 단어가 등장하고 그 뜻을 이해했을 때 나는 이미 썸을 타고 싶어도 탈 수 없는 시기였다. 꼭 그래서는 아니지만 나는 썸을 무척 싫어한다. 뜨뜻미지근한 상태. 금세 뜨거울 수도 있지만 차가워질 수도 있는 상태를 이용할 수는 있지만 그 대상이 내가 좋아하는 사람이라는 것이 마음에 들지 않았다. 정확히 말해 좋아할 수도 있고 그렇지 않을 수도 있는 사람.

"그게 도대체 뭐야. 그래서? 사귈 거야? 말 거야?"

뭐 어쩌겠다는 건지. 분명하지 않은 감정과 태도로 서로를 미혹하다니. 눈치게임인가? 나로서는 도무지 이해가 되지 않았다. 분명한 건 썸은 별로라는 것이다(썸에 관한 안 좋은 추억이 있냐고? 그건 아니다).

어느 날, 팝콘을 게걸스레 씹으며 영화를 보고 있었다. 〈로맨틱 홀리데이〉. 어림잡아도 열 번은 더 봤던 영화인데 매번 같은 장면에서 울화통이 치밀어 오른다. 아이리스(케이트 윈즐릿 분)에 들러붙어 이도 저도 아닌 자세를 취하며 그녀를 이용하는 재스퍼(루퍼스 스웰 분)를 보면 어쩐지 반사적으로 상스러운 말이 튀어나온다.

"아~ 뭐야. 재수 없어. 짜증 나. 꼴 보기 싫어."

신명 나게 욕을 해대다 문득 '응? 이거 완전 난데?' 하는 생각이 우적거리던 팝콘과 함께 내 속으로 들어왔다. 아, 젠장! 그토록 싫어한다던 썸을 나는 1년 넘게 타고 있었구나! 재스퍼랑 나랑 다를 게 뭐람? 이래서 조심해야 한다. 내가 비난했던 행동을 결국 나도 하게 될 수 있는 게 사람이라는 존재니까.

고백하자면, 그 후로도 한동안 사귀자는 말을 하지 못해 내내 뜨뜻미지근한 상태였다. 채식이 훨씬 더 좋긴 하지만, 육식에게 차마 이별을 고하지 못했다. 익숙한 것에 이별을 고한다는 건 '할 수 있어!'라는 다짐으로만 해낼 수 있는 것이 결코 아니었다. 행위가 더해졌을 때에야 비로소 다짐에 효력이 생긴다. 행위는 다짐처럼 실체 없이 금세 흩어지는 말과는 다르다.

이 행위를 방해하는 것이 추억, 미련 따위일 텐데.

알다시피 이런 유의 감정들은 떼어 내기가 참 고달프다. 미운 정도 떼기가 힘든 마당에 좋아하는 것과의 이별이라니. 썸을 타는 이들이 이런 마음이었으려나. 썸남썸녀들이 조금은 이해가 되기도 했지만 그렇다 하더라도 이런 모순적인 상태를 더 이상 지속해서는 안 될 것 같다는 생각이 들었다.

두 가지 중 반드시 한 가지만 선택해야 하는 상황에서는, 더 좋아하는 것을 선택하는 것이 아니라 더 싫은 쪽을 버리는 편이 훨씬 후회가 없다. 싫은 것을 억지로 해야 하는 것이 더 고역이므로. 육식을 전혀 하지 않는 것과 가끔 하는 것 두 가지 중에 무엇이 더 싫은지 자문했다. 사실 자문을 할 필요도 없었다. 정답을 이미 알고 있어서 채식 지향으로 살아가고 있었던 게 아니던가. 단지 이 사안을 정면으로 마주할 용기가 없었던 것이다. 언제든 몸을 숨길 수 있는 장치로서 '지향'에 기대 의존했다. 지향이라는 썸을 비겁하게 이용하고 있는 모습. 동물들을 그렇게나 귀여워하면서, 온갖 동물의 사체가 뒤범벅된 햄을 먹고 있는 내 모습. 오로지 자신의 살점을 내어 주기 위해 몸이 꽉 끼는 케이지에 욱여넣어진 채 기계처럼 살아가는 그들의 삶과 그런 환경을 만든 기업들에 분노하는 주제에 나의 식탁에는 고기가 놓여 있는 모순. 그럼에도 나는 괜찮다는 '내로남불(내가 하면 로맨스 남이 하면 불륜)' 식의 합리화. 그 모순을 깨닫고 나니 더 이상 행위가 빠져 버린 의미 없는 다짐 따위는 멈추고 싶었다. 이제는 선언이 필요한 때다.

"오늘부터 더 이상 동물성 음식을 먹지 않겠어! 아차, 냉장고에 있는 달걀만 다 먹고 나서!"

실소가 터져 나온다. 합리화 한 스푼을 추가해 본다. 어떻게든 바짓가랑이를 붙잡고 싶은 심정은 여전히 남아 있었던 겐가. 그래, 나는 나약하기 그지없는 존재라는 것을 받아들이자! 나약한 인간임을 인정하자! 채식과 육식 사이에서 갈팡질팡하는 모든 이들이 나와 같지 않을까.

'나중에 완전한 비건이 된다 하더라도, 절대 이 마음을 잊지 말아야지.'

(확실한 건 제아무리 성실한 비건이라 할지라도 이 문제 앞에서 모순이 존재하지 않는 사람은 없다. 그건 명백한 사실이다.)

결국 나는 냉장고의 달걀을 모두 먹고 난 뒤, 비로

소 육식과의 이별을 선언했다. 그리고 완벽하진 않더라도, 힘이 닿는 데까지, 모순을 줄여 나가는 삶을 살겠노라고 결심했다.

대부분의 일이 그렇듯 대단한 선언을 했다고 해서 드라마틱한 변화 따위가 당장 일어나는 건 아니다. 어차피 많이 먹어야 한 달에 한 번 정도 먹는 고기였으니, 크게 달라질 게 무어랴. 세상이 뒤집힐 것처럼 큰 문제라 여기며 미루고 미뤘던 일인데, 걱정에 비해 변화의 실감은 대단히 미비했다. 그저 선을 넘는 것이 두려웠을 뿐이고, 그 두려움 또한 스스로가 만들어 낸 망상에 불과했던 것이다. 이렇게 될 줄 알았다면 조금 더 일찍 시작할걸 하는 마음이 들었다. 육식과의 이별을 두려워하며 온갖 핑계를 끄집어내 합리화했던 내 모습이 떠올라 피식 웃음이 나왔다.

그리고 불과 몇 달 후였다. 애용하는 화방 근처에 '쉑쉑버거(쉐이크쉑)'라는 햄버거 가게가 생겼다. 워낙 유명했던 곳이라 궁금한 마음에 어떻게 생겼는지 구경이라도 해 보고 싶어졌다. 마침 화방에 갈 일이 생겨, 가는 김에 스윽 둘러볼 심산이었다. 그런데 웬걸. 구경은 고사하고 근처에도 가지 못했다. 쉑쉑버거가 있는 건물 뒤쪽으로 매우 큰 환풍구 두 개가 있었는데, 거기서 뿜어져 나오는 고기 냄새 때문이었다. 햄버거를 그렇게 좋아했는데도 패티 굽는 냄새가 너무나 역하게 다가왔다. 좀 더 맡았다가는 구역질이 나올 것 같았다. 그동안 내가 이렇게 역한 향을 풍기는 걸 좋아했다는 게 믿기지 않을 지경이었다. 이 고약한 향 때문에 이젠 고기 먹을 기회가 생겨도 차마 먹지 못할 것 같은 느낌이 들었다.

이 냄새로 인해 깨달은 건 역시 우리가 고기에 길들여져 있었다는 것이다. 겨우 한두 달 고기를 멀리했을 뿐인데 이 정도로 냄새가 고약할 줄 누가 알았겠는가. 때론 한 발짝 물러나 느긋하게 바라볼 때 보이지 않던 부분들이 보이기도 한다.

미각과 후각은 생각보다 예민하고 생각보다 무뎌서 금세 상황을 받아들인다. 이 감각을 공유하고 싶다. 그것을 위해 내가 할 수 있는 일은 딱히 없지만, 분명한 건 썸을 끝냈기 때문에 느낄 수 있었다는 것이다.

때로는 흔들리고, 때로는 실패한다 할지라도 아무렴 어떠랴, 다시 일어서면 될 것을. 요는 재고 따지기

보다 일단 시작해 보라는 것이다. 시작을 해야 비로

소 시작되니까.

비건으로 산다는 것

비건으로 살아간다는 것은 적어도 환경(인프라)이 열악한 우리나라에서는 녹록지 않은 일이다.

비건 제품을 따로 진열해 놓은 슈퍼마켓이나 마트를 찾는 것이 특히 비수도권 지역에서는 백사장에서 동전을 찾는 것만큼 힘든 실정이다. 그렇다 보니 일

일이 성분 표를 보며 확인해야 하는 수고가 필요하다(하물며 순식물성이라고 판매하는 제품에 우유가 함유된 것을 본 적도 있다).

비건 메뉴가 별도로 존재하는 일반 식당 역시 극히 드물어 외식이라도 하려고 하면 비건 전문 식당을 찾아 나서야 한다. 요즘은 배달 앱에 채식 메뉴를 별도로 정리해 놓은 지역이 있기도 하지만, 고기만 없을 뿐 우유, 치즈, 달걀 같은 동물성 재료를 사용한 식당들이 거의 대부분이다(비건에 대한 개념이 비건과 논비건 사이에 서로 상이해서 일어나는 현상이다). 여기에 반드시 구내식당을 이용해야 하는 상황에 놓여 있는 비건이라면 도시락 말고는 답이 없을 것이다.

이런 고충이 따르더라도 혼자 있을 때는 그나마 낫다. 어떤 모임에 참석해야 하는 경우, 특히 내 의견을 피력하기 힘든 자리일 때면 머리를 쥐어짜내 메뉴를 골라야 한다. 최대한 동물성 재료가 들어가지 않은 음식으로. 이건 생각만큼 쉽지 않다. 내가 알고 있는 정보의 양이 많을수록 선택이 고통스럽다. 그럼에도 결국은 선택을 해야 하는데, 먹고 싶은 것을 선택하는 게 아니라 그나마 덜 싫은 것을 찾고 있노라면, '뭐 하

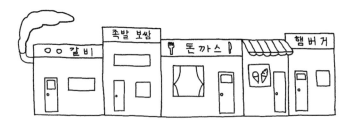

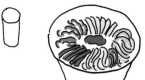

오늘도 비빔밥

는 짓일까.' 싶기도 하다.

　지인이나 친구를 만나는 편한 자리라도, "아~ ○○
는 고기 안 먹지? 어떡하나? 다른 데 가자!" 이런 말
을 들어 버리면 동공이 흔들린다. 분위기를 망치는
것 같기도 하고, 나 때문에 불편한 상황이 연출되는
듯해 퍽 곤란해진다. 이런 경우에는 또 대개 화젯거
리가 '비건 혹은 채식'이 되어 버리는데 그럴 때 의도
치 않게 스피커가 되기도 한다.

　그렇게 열변을 토하고 있는 와중에 문득, 상기된
얼굴을 하고선 열심히 떠들어 대고 있는 내 자아와
그 모습을 지켜보고 있는 또 다른 자아가 한 공간에
존재하는 말도 안 되는 장면이 머릿속을 유영할 때가
있다. 공격을 받고 있지 않음에도 어쩐지 방어적인
자세로 떠들고 있는 나 자신을 발견한 날이면 꼭 사
회로부터 완전히 동떨어진 이방인이 된 것 같다. 청
문회의 주인공이 되어 변명 아닌 변명을 하느라 고군
분투하는 그 모습이 어쩐지 안쓰럽다. 안쓰럽다 느끼
는 그 존재도, 안쓰러워하는 그 존재도 결국 나 자신
이라는 게 또 안쓰럽다.

　일반적이지 않은 것은 어떻게든 불편함이 따른다.

충분히 예상 가능한 것들이 대부분이긴 하지만 감정적인 측면은 때론 짐작하는 것과는 다를 때가 있다. 그 이질감이란 경험하지 않고서는 공감하기 힘든 영역에 있는 감정이다. 군이 차별이라고 표현하기는 애매할 수도 있지만, 이를 대신할 단어를 찾질 못하겠다. 차별은 받거나 당하는 사람의 고통 속에서 피어나는 것이다. 악의적인 의도가 없는 경우라면 차별을 하고 있는지도 모른 채 행해지는 때가 대부분이다. 그 사실을 알기 때문에 기분이 나쁘다거나 억울하진 않다. 그렇다고 해서 아무렇지 않느냐 하면 그건 또 아니다.

이런 고충 아닌 고충 같은 것들을 군이 끄집어내 말하는 이유는 불만, 불평, 호소 뭐 이런 목적이 아니다. 지켜야 하는 규율도 성가실 정도로 많고, 불편한 점이 한두 가지가 아닌 이것을 어떤 이는 사명감을 가지고 할 테고, 또 어떤 이는 마지못해 할 수도 있고, 생사의 기로에서 마지막 지푸라기를 잡는 심정으로 하는 이도 분명 있으며, 혹은 눈치를 보며 (예전의 나처럼) 여전히 썸을 타고 있는 이도 있을 것이고, (요즘의 나처럼) 열정에 이글거리며 열심인 이도 있고, 끝으로 이제 막 관심을 갖기 시작한 이도 있을 것이다. 나는 그저 내 방식으로 이들에게 위로와 응원, 감사, 용기를 보내는 바이다.

비건, 채식이라는 (일종의) 취향이 예민한 주제가 아니라 마치 돼지고기 취향, 해산물 취향처럼 평범하고 친숙한 카테고리가 되는 날까지 (부디 변하지 않고) 잘 살아갔으면 하는 바람에서 하는 말이다.

가끔은 놓아 주는 것도 방법

유년 시절 재래시장 근처에서 살았다. 내가 다녔던
초등학교도 시장 어귀에 있었기 때문에 북적한 시장
통을 요리조리 헤쳐 가며 등하교 하던 기억이 있다.
학교에 가기 위해 반드시 시장을 지나야 하는 건 아
니었지만, 과일, 채소 같은 먹거리는 물론, 각종 잡화

들이 즐비한 그곳을 난 퍽 좋아했다.

매주 토요일이면 모친과 누이는 장을 보러 가곤 했는데, 한창 친구들과 뛰놀 나이였음에도 나는 그들과 함께 시장 구경하는 걸 더 좋아했다. 개연성이라고는 시쳇말로 '1도' 없지만, 당시 친구들은 그런 내게 여자 같다고 놀려 대곤 했다(믿을 수 없겠지만 그땐 그런 시절이었다).

하지만 놀림이라는 것도 상대가 무슨 반응을 보여야 놀리는 재미가 있을 텐데, 나는 그게 그리 놀림으로 생각되지 않았다. 모친과 누이의 영향인지는 몰라도 나는 여성이라는 존재를 꽤나 동경하고, 또 존경했다. 그래서 그 조롱은 내게 통하지 않았다. 이제야 하는 이야기지만 내심 기분 좋았다.

여하튼 시장 입구는 사거리였고, 한쪽 모퉁이에는 통닭집이 있었다. 그 여파로 주말의 시장 입구는 늘 붐볐다. 대부분 시장 입구에서 미리 통닭을 한 마리를 주문해 놓고, 장을 보러 갔다 돌아오는 길에 찾아서 귀가하는 분위기였다. 지금 생각해 보니 통닭집 사장님의 장사 수완이 보통이 아니었구나 싶다.

우리 집 역시 그 분위기에 힘을 보태는 쪽이었다.

진갈색으로 통닭집 상호가 인쇄된 크라프트 재질의 봉투에 갓 튀겨진 통닭을 분주하게 담는 모습이 아직도 눈에 선하다. 장을 보고 돌아가는 길이면 어김없이 모친과 누이의 손이 모자랐기에 그 봉투를 받아 드는 것은 언제나 나였다. 내 팔만큼이나 큰 그 봉투를 들고 나는 설레는 마음으로 집으로 향했다. 집에 도착하면 따로 그릇에 담는 대신 봉투를 쭉 찢어 평평하게 만들어서는 그대로 놓고 먹었다. 아직 김이 모락모락 나는 통닭을 곧장 해체한 다음 각자가 좋아하는 부위를 챙겨 주던 모친의 표정이 떠오른다. 퍽퍽한 가슴살을 좋아하는 나에게 가슴살을 건네며 모친은 언제나 같은 말을 했다.

"자~ 네가 좋아하는 퍽퍽살~."

나는 이 다정한 말이 정말 좋았다.

한 살 한 살 나이를 먹을수록 그때의 추억이 더 짙어지고 선명해져 불쑥불쑥 튀어나오곤 한다.

TV에 통닭 먹는 장면이 나오거나, 재래시장에서 옛날통닭을 팔고 있는 모습처럼 시각적인 것보다는 기름에 튀겨진 통닭 냄새를 맡게 되었을 때 이 모든 기억들이 순식간에 휘몰아친다. 간혹 통닭이 먹고 싶어 미칠 것 같은 기분이 드는 것도 사실이지만, 유년 시절의 그 아련한 향수가 되레 더 힘들게 한다. 고백하자면 이 향수에 퐁당 담겨 있는 옛날통닭의 맛이 그리워 몇 번인가 통닭을 시켜 먹은 적이 있다(비건이 되겠노라고 선언한 이후에……).

변명으로 들릴 수도 있겠지만, 나로서는 채식을 방해하는 최대의 적이 '향수'다. 그렇게 시킨 통닭을 한 입 베어 물고 나면 곧장 후회가 밀려온다. 내 추억 때문에 희생된 닭에게 느끼는 미안함뿐 아니라, 향수의 농도만큼이나 통닭이 맛이 없어서다.

채식을 하게 되면 고기의 잡내에 상당히 민감해진다. 내가 예민해서라기보다는 육식을 할 때는 고기의 잡내에 무뎌져서 미처 몰랐던 것들이다. 양고기를 처음엔 냄새 때문에 잘 먹지 못하지만 계속 먹다 보면 아무렇지 않은 것도 그 때문이다.

추억 속에 있는 그 맛을 이제는 도통 느낄 수 없다는 것을 알기에 맛없는 통닭을 바라보며 이젠 두 번 다시 통닭 따위 먹지 않겠노라 다짐하지만, 추억에 얽매여 있는 한 같은 실수를 계속해서 반복할 것이다. 처음에는 죄책감과 자책감으로 꽤나 끙끙거렸다.

부끄럽기도 하고 결의에 찬 선언이 고작 이 정도인가 싶기도 했다. 그리고 그냥 이대로 포기할까 하는 생각이 들기도 했다.

규칙과 규율을 지키는 것은 매우 중요하다. 그것이 지켜졌을 때 비로소 성립되는 것이기 때문이다. 그러나 규칙과 규율이 주는 무게감에 짓눌려서 벅찰 땐 가끔 내려놓는 편을 택하는 것이 차라리 좋다. 하루 정도는, 한 끼 정도는 무너져도 괜찮다. 내일부터 다시 시작하면 되니까. 포기하지 말고 다시 일어나 걸으면 되니까 자책하지 않았으면 좋겠다.

인류의 구원자 네오도, 기독교의 대단한 공로자 사도 바울조차도 완전무결하지 않은 존재들이다. 그들 역시 사고의 전환이 이루어지고 난 뒤에도 고뇌했으며 난관에 부딪히기 일쑤였다. 여기에다 나의 경우를 갖다 붙이기는 상당히 민망하지만 나 역시 그랬고, 누구나 그렇다.

마늘 두부밥

마늘 6-7 톨

쪽 파

두부 약 200g

식용유

간장

고춧가루

메이플 시럽
(또는 비슷한 것)

(옵션)

아스파라거스

방울토마토

버섯   등등…

* 모든 재료의 양은 개인의 취향에 따라 조절하세요.
  있으면 있는 대로, 없으면 없는 대로. 😊

1. 두부를 미리 물기를 빼고 포크로 으깨어 놓는다.

2. 마늘은 잘게 다진다.

3. 팬에 오일을 넉넉히 두르고 다진 마늘을 볶는다.

4. 으깬 두부를 넣고 마늘과 함께 볶는다.

5. 고춧가루 2스푼, 간장 2스푼(간을 보며 가감한 다), 시럽 약간을 넣고 간이 배도록 섞는다.

6. 두부의 물기가 날아가고 고슬고슬해지면 불에서 내린다.

7. 현미밥 위에 마늘두부를 듬뿍 올리고 쪽파를 쫑 쫑 썰어 올린다.
   집에 있는 채소를 구워서 같이 곁들여도 좋다.

8. 맛있게 꼭꼭 씹어 먹는다.

라
시
오
타
가
내
게
알
려
준
것
들

2018년 8월, 사방이 막혀 있는 좁은 상자에 갇혀 있는 기분, 정체 모를 갑갑함을 가슴 한편에 두고 매일을 살아가고 있었다. 그 기분을 들여다보고 점검을 해야 한다는 생각은 있었지만 시간적 여유가 주어지지 않았다.

2018년 10월, 가뜩이나 좁았던 상자가 어느새 더 작아진 것 같았다. 눈치채지 못할 만큼 서서히 나를 옥죄었다. 이대로 방치했다간 돌이킬 수 없는 상황이 벌어질 거라고 직감했다. 휴식이 필요했다. 모든 것이 생소한 곳으로 떠나고 싶어서 무작정 비행기표와 숙소를 예약했다.

2019년 2월, 겨울의 끝자락에 이름도 풍경도 낯선 남프랑스의 작은 항구 도시 '라 시오타'로 떠났고 그곳에서 한 달가량을 지냈다.

만일의 사태에 대비해 한국에서 유심 칩을 미리 구매해 갔지만, 빠르게 업데이트되는 디지털 환경에 적응하지 못하는 소위 '폰맹'에 가까운 사람이라 유심 칩은 플라스틱 쓰레기가 되어 버렸다. 돌이켜 생각해 보면 그 덕에 온전한 휴식을 누릴 수 있지 않았나 싶다.

그곳에서 보낸 시간은 내게 보물과도 같다. 지금껏 살아오면서 느끼고 배우고 깨닫고 받아들였던 관념들이 뒤엉킨 채 내 속을 이리저리 표류하고 있던 때였다. 완벽하진 않아도 그때의 휴식을 통해 생각은 꽤 정리되었고, 마음속 어딘가에 터를 잡아 씨앗으로

뿌려졌다. 그 씨앗이 어떤 열매를 맺을지는 아직 지켜봐야 알겠지만 씨앗이 심겼다는 사실만으로도 내겐 큰 의미였다. 더불어 그 씨앗은 앞으로의 나에게 꼭 알맞은 상황들을 선물해 줄 것만 같다. 확신까지는 아니어도 어쩐지 그런 기분이 든다.

그곳에서의 일과는 단순 명료했다. 식사를 준비하고, 먹고, 자고, 걷고, 멍하니 바닷가에 앉아 있는 것. 여기에 추가되는 거라곤 마트에서 장을 보거나, 매주 일요일 해변가에서 열리는 시장을 구경하는 것이 전부였다.

라 시오타는 긴 해안가 주변으로 작은 상점과 주택들로 이루어진 항구 도시이자 휴양지다. 크고 작은 배들과 사람들이 쉬어 가는 곳. 시기상으로는 겨울이었지만 얇은 카디건 하나만 걸치면 될 법한 기온과, 높은 건물 없이 풍요로운 햇살이 가득해 산책하기에 더없이 좋았다. 해안가의 산책로를 하릴없이 걷고, 백사장 한쪽에 놓인 커다란 바위에 앉아 주변 풍경을 멍하니 바라봤다. 산책하는 사람들, 강아지와 함께 뛰노는 아이들, 백사장에 누워 일광욕을 즐기는 사람들, 소박한 도시락 주변으로 둘러앉아 식도락을 즐기는 가족들, 한 사람이 겨우 누울 수 있는 작은 블랭킷을 깔고 앉아 두런두런 이야기를 나누는 연인. 이방인의 눈에는 풍경 속 모든 사람들이 나에게 없는 무언가를 가지고 있는 듯 보였다. 그것이 무엇인지 궁금해하며 몇 날 며칠을 풍경 속으로 들어가 유심히 그리고 다정히 그들을 바라봤다.

하루는 왕복 2차선의 좁은 차도에서 신호등이 바뀌길 기다리고 있었는데 지나다니는 차가 거의 없었다. 한국에서라면 아무 생각 없이 그냥 건넜을 테지만 그러지 않았다. 분명히 빨간 불인데 건널목 앞에서 차 한 대가 멈췄다. 의아한 표정으로 운전석을 쳐다보니 운전자가 미소를 띠며 먼저 건너라는 제스처를 취하는 게 아니겠는가. 분명 빨간 불이었는데……. 나는 가볍게 목례를 하고 건넜다. 기분이 묘했다.

'이건, 뭐지. 나 방금 사람으로 봐 준 거야?'

단 한 대만 그랬다면 그 운전자가 좋은 사람이었다고 생각했을 텐데 이후로도 도로를 건널 때마다 그런 상황이 연출됐다.

한국에서의 차들은 사람을 사람으로 인식하지 못

하는 것 같다. 사람보다 먼저 지나가려고 좁은 길에서도 쌩하고 달리는 차들이 태반이다. 그럴 때마다 정말 너무 불쾌하다. 마치 물건으로 취급받는 것만 같다. 운전자도 결국 행인이면서 말이다. 슬프게도 그런 태도에 익숙해져 있던 나는 외지의 운전자의 배려와 양보가 낯설면서도 감동적이었다.

눈을 바라본다. 상대방의 눈을 마주하고 건네는 무언의 언어. 좁은 길에서건 상점에서건 하나같이 눈을 맞추며 옅은 미소와 함께 나누는 인사. 친분의 유무와 상관없는 사람 간의 교감이자 예의였다. 눈앞에 마주하고 있는 존재는 물건이 아닌 사람이니까.

타인과의 경계. 그 경계의 형태가 나의 고국에서와는 전혀 다른 느낌이었다. 경쟁 사회에 살고 있는 우리에게 타인은 인격체이자 동시에 경쟁자다. 자본의 가치가 우선순위에 들어서기 시작했던 어느 시점부터 경쟁은 치열해졌고 생존을 위해서는 고슴도치의 가시가 필요했다. 가시를 세워 내 것을 지켜야 했고, 타인의 것을 뺏어야 했다. 그래야만 원하는 것을 얻을 수 있었다. 그것은 선택이 아닌 필수였다. 생존을 위해 펼쳤던 방어 기제는 서서히 일상 속 깊숙이

침투해, 과거 정겨웠던 '이웃 문화'를 말살시켜 버렸다. 아파트와 온라인이 주는 익명성이 이에 큰 공로를 세웠다. 돌이켜보면 현대 사회로 접어들면서 가장 빠르게 팽창해 온 것 중 하나가 아파트와 온라인이 아닐까 싶다.

반면 오늘을 살아가고 있는 우리에게서 빠른 속도로 결여되어 가고 있는 것은 타인에 대한 존중과 사랑이 아닐까 하는 생각도 했다. 하루에도 우리는 수많은 타인을 마주한다. 나는 그들에게 어떤 태도를 취했던가. 뜨거운 심장과 보고 듣고 느끼고 생각할 수 있는 기능을 가진 생명체이며 품격을 지닌 존재임을 잊고 산 건 아니었을까.

영화 〈어바웃 타임〉의 끝부분에 아빠 빌(빌 나이 분)은 아들 팀(도널 글리슨 분)에게 똑같은 하루를 반복해서 살아볼 것을 권한다. 그 조언을 실천에 옮기며 팀이 느꼈던 것은 일상의 소중함이었으며, 그것을 뒷받침해 준 것은 결국 존중과 사랑이었다. 서점에 즐비한 수많은 소설들과, 왓챠, 넷플릭스의 근간이 되는 엄청난 양의 영화나 드라마 속 모든 스토리에는 저마다의 사랑이 존재한다. 인간이 인간과 함께 살아감에 있어서 가장 중요한 포인트는 사랑이다. 주인공들의 행위를 추적해 들어가다 보면 그 끝에 남는 건 결국 사랑이다. 사랑 때문에 울고 웃고 싸우기도 하고 때론 살인을 저지르기도 한다. 사랑의 범위는 너무나도 방대해 깔끔하게 설명하기는 힘들지만, 그럼에도 불구하고 결국은 사랑이다.

라 시오타의 해변에서 멍 때리던 중에 문득 나는 그동안 내게 필요했던 것이 누군가를 향한, 무언가를 향한 사랑이었음을 깨달았다.

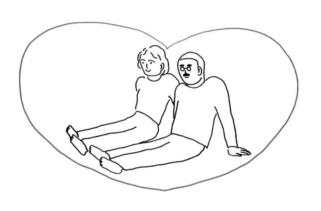

나를 사랑하는 것에서부터

사랑에 대한 갖가지 생각들이 떠올랐다. 사랑이라는 감정은 어디서부터 비롯되는 것일까. 어떤 대상을 향한 나의 태도. 태도의 성질. 태도의 성질이 사랑으로 확정이 되려면, 확정되기 위해서는 어떤 조건 같은 게 필요한 것일까. 꼭 조건이 충족되어야만 사랑이라는 성질을 가진 태도가 취해지는 것인가. 그렇다면 사랑의 조건이라는 것은 어디로부터 오는 걸까. 그 조건이라는 것은 분명 대상마다 다르겠지. 대상으로부터 나에게 오는 것이라면, 그것을 사랑이라 부를 수 있는 것인가. 애초에 조건을 붙인다는 것 자체가 이미 사랑과는 거리가 멀게 느껴지는데. 결국 사랑은 나에게로부터 대상에게 가는 것이구나.

결국 내가 어떤 태도를 가지느냐의 문제라는 결론에 도달했다. 조건 없이 사랑을 내어 준다는 것. 반드시 사랑이 아니더라도, 내가 가진 것을 내어 주는 것의 전제는 나에게 전달하고자 하는 그 무엇이 존재해야 한다는 것이다. 사랑도 마찬가지. 누군가 말하지 않았던가. 사랑을 받아 본 이가 또 다른 이에게 기꺼이 내어 줄 수 있는 거라고.

나눠 줄 사랑. 이름조차 아름다운 그것을 나는 가지고 있는지 자문해 본다. 깊이 생각해 볼 필요도 없다. 아내로부터 매 순간 넘치는 사랑을 받고 있으니. 그럼에도 불구하고 나는 어째서 나눠 줄 사랑이 전혀 없는 사람처럼 느껴지는 것일까. 사랑을 받아 모아두는 마음속의 공간이 너무 협소해서 그런 건 아닐까.

하드디스크의 용량처럼 내 마음속에도 일정한 용량이 있는데 그것에 채워져 있는 여러 가지 것들에 밀려난 탓 아닐까.

성공을 꿈꿨다. 스스로가 정의한 성공의 기준을 충족시키기 위해서 노력했다. 성공의 기준에 사랑은 없었다. 좋은 집, 좋은 차, 좋은 옷, 좋은 무언가를 살 수 있는 돈. 죄다 물질적인 것. 원소기호로 만들어진 물건이 내게 줄 수 있는 것은 뭘까. 기껏해야 편리함 혹은 욕구를 채운 것에 대한 만족감. 내가 가진 마음의 용량 대부분을 기껏해야 유통기한 한 달 정도밖에 되지 않는 것들에 내어 주다니. 그만 한 가치가 있는 것들인가. 내가 갈구했던 물질이 그만 한 가치가 있었다면 넘쳐 나는 일거리에 둘러싸여 있던 지난가을의 나는 상당히 행복했어야 했다. 그러나 전혀 그렇지 않았다. 되레 끝이 보이지 않는 심해로 침몰하기 일보직전의 상태였다.

하드디스크가 무거워지면 컴퓨터의 성능이 저하되는 것처럼, 나 역시 그런 현상에 시달리고 있었던 것 같다. 하드디스크를 정리하듯 내 마음속에 있는 불필요한 프로그램이나 파일들은 과감히 삭제. 빈 공간을 만들어야 사랑을 담을 수도 있고 꺼내어 쓸 수도 있는 폴더를 만들 수 있겠지. 빈 공간을 만들기 위해 하나 둘 정리하다 보니 그 끝에는 나 자신이 있다. 나는 스스로를 얼마나 돌보았나, 누군가를 사랑하기에 앞서 나를 사랑하며 살아가긴 했던가.

그렇지 않았다. 정신은 피폐했고, 정서는 메말랐고, 육체는 쇠약했다. 자신조차도 사랑하지 못해 이 지경인 내가 어찌 건강하고 온전한 사랑을 내어 줄 수 있단 말인가. 그 무엇보다 우선적으로 해야 할 일은 스스로를 돌보는 것임을 사랑에 대해 생각하다 깨달았다.

돌본다. 돌보는 것은 익숙하나 그 대상이 '나'라고 하니 상당히 어색한 것은 어째서일까. 가만히 생각해 보니 늘 나는 겉사람을 돌보기에 여념이 없었다. 때마다 예쁜 옷 입히고, 새 신발 신기고, 가방, 양말, 시계, 안경, 스마트폰 등등 죄다 물질적이며 외향적인 것이었다. 속사람에게는 어찌 그리도 무심했을까 싶다. 하루가 멀다 하고 근원 불명의 정크푸드와 인스턴트를 쑤셔 넣기 바빴고, 알맹이 없는 우스갯소리에 시름을 떠넘겼다.

"그대 무엇을 먹는지 말하라, 그러면 나는 그대가 누군지 말해보겠다."

순간 《미식예찬》의 저자 장 앙텔므 브리야 사바랭(Jean Anthelme Brillat-Savarin)의 전설적인 멘트가 떠올랐다. 이 말에 의하면 나는 정크 그러니까 쓸모없는 물건, 쓰레기다. 나는 그동안 뭘 먹은 건가. 적어도 내가 먹는 것이 어디에서부터 왔는지 알고는 먹어야 하는 것 아닌가. 아, 그래서 정크푸드구나. 어쩐지 속이 메스꺼워지는 것만 같다. 내 위장에 쌓여 있는 쓰레기를 걷어 내는 것부터가 우선이라는 생각이 들었다. 비워 내고 새롭게 시작하고 싶다. 나를 돌보는 것도, 직업에 관한 것도, 사랑하는 마음에 관해서도, 삶에 관한 태도에 대해서도.

'나의 속사람을 사랑하는 것에서부터 다시 시작하리라.'

사
람
에
게

맞
는

에
너
지
원

먹는 것을 챙겨 속사람을 돌보겠다는 건, 곧 건강해
지겠다는 말이다. 건강을 챙기겠노라는 다짐이 '채
식 지향'으로 옮아가기까지는 그리 오랜 시간이 걸
리지 않았다. 돌이켜 생각해 보면 찰나에 가까웠던
것 같다.

몇 해 전 8체질학을 전문으로 다루는 한의원에서 체질 검사를 한 적이 있었다. 얼굴을 뚫어져라 살피고 진맥을 하는 것으로 간단히 검사를 마쳤고, 이후에는 질의응답 형식의 상담이 이어졌다. 상담을 마치고 갱지에 검은색 글자로 빼곡하게 채워진 종이 쪼가리 한 장을 건네받았다. 내용은 크게 세 가지였다. 나의 체질에 알맞은 음식, 가급적이면 피해야 할 음식, 절대 먹지 말아야 음식이 분류되어 있었다. 한 줄로 요약하면 뿌리채소와 맵고 자극적인 채소(마늘, 고추 등), 향신료, 닭, 조개류를 제외한 모든 음식을 먹을 수 있었다. 처음에는 다른 체질에 비해 먹을 수 있는 게 많다며 좋아했다. 그런데 웬걸 유심히 살펴보니 한식 마니아인 내가 먹을 수 있는 것이 거의 없는 게 아닌가. 먹지 말아야 할 음식의 첫 번째에 고추가 있었는데(심지어 고추 주변으로 별이 세 개나 있었다) 고추를 빼면 고추장으로 된 모든 음식을 먹지 말라는 소리가 아닌가. 한국인에게서 고추를 앗아가는 것은 식성을 바꾸라는 말. 김치 종류는 죄다 안 되지, 떡볶이 안 되지, 이미 이것만으로도 삶의 의욕이 떨어지는 기분이었다. 거기에다 파, 양파도 안 돼, 조개류를 우려 낸 시원한 국물도 안 돼. 심지어는 감자, 고구마도 안 돼. 마지막으로 치킨도 안 돼. (혹시 이거 사형선고인가요?)

먹지 말아야 할 것들이 비교적 적긴 했지만, 기본적으로 한국인의 식습관이랑은 맞지 않는 체질이 분명했다. 그럼에도 불구하고 이 종이 쪼가리에 있는 것들을 지켜 보고 싶었다. 당시 아내도 함께 체질 검사를 했는데, 우리는 같은 체질이 나왔다. 선생님은 부부가 같은 체질이라는 것에 부정적인 견해였다. 그런 견해에 따른 부연 설명을 해 주었는데 시간이 많이 지나 지금은 잊어버렸다. 하지만 당시로서는 꽤 진지했던 터라 마음 한편에 담아 두었었다. 이제는 그저 '피식' 하게 된다. 여하튼 우리는 그것이 틀렸다는 것을 증명해 보이고 싶은 마음과 더불어 이 규칙들을 잘 지켜 내 건강해지고 싶었다. 이유는 간단했다. 함께 있는 게 너무나 좋아서 오래도록 건강하게 이 행복감을 유지하고 싶었기 때문이다.

먼저 우리 몸에 알맞은 재료들로 식단을 짰다. 간장 베이스의 음식과 지중해식 식단이 가능했다. 두어 달 정도 철저히 지켜 가며 음식을 만들어 먹었다. 공산품을 사야 할 때도 제품 포장지 뒤쪽에 있는 원재

료명을 꼼꼼히 살피며 골랐다. 시간적 여유가 많았던 시기라서 꽤 충실하게 삼시 세끼와 간식, 모두 다 잘 챙겨 먹었다. 한 달 정도 지난 시점부터 몸에 변화가 일기 시작했다. 피부가 매끈해지고 또 밝아졌고, 변의 질도 좋아졌다. 두 사람 모두에게서 생긴 변화라 점차 8체질에 대한 신뢰가 생겼고, 이 정도의 효과라면 이 식단을 꾸준히 잘 지키며 살아갈 수 있으리라는 확신이 생겼다. 허나 그리 오래지 않아 아내와 나는 포기를 선언했다. 그렇게 된 배경에는 몇 가지가 있다.

첫째, 시간이 부족해졌다. 드문드문 들어오던 일들이 점차 많아지기 시작했다(아내와 저는 프리랜서입니다). 우리 식단에 알맞은 음식을 판매하는 식당이 존재하지 않았기에 거의 대부분을 아니 100퍼센트 집밥이어야 했다. 그런데 요리할 시간적 여유가 부족해져서 배달음식에 의존할 수밖에 없었다.

둘째, 억눌렸던 맛에 대한 갈증이 해소되고 나니, 더 이상 산뜻한 지중해식 식단이 먹고 싶지 않았다. 아직까진 건강에 문제가 있는 것도 아닐뿐더러 고추가 뭐 어때, 감자, 고구마가 얼마나 몸에 좋으며, 통닭, 달걀 안 먹고 단백질은 어찌 섭취하라는 말이냐며, 합리화하기 시작한 것이다. 아내와 나는 그 합리화 속으로 완전히 들어갔다. 건강보다는 혀의 즐거움을 포기하기 싫었다.

꽤 오래전 일이라 잊고 있었던 당시의 기억이 건강을 챙기고자 하는 마음과 함께 찾아왔다. 다시 이 식단을 챙겨 볼까도 잠시 생각했지만 본질적인 의문이 들었다. 8체질학에서 말하는 나의 체질과 식단이 우리를 위한 것이라는 근거는 어디서부터 온 것일까. 내 얼굴을 살피고 맥박을 짚는 것만으로 가능한 일인가. 의학적·영양학적 지식이 전무한 내가 한의사의 지식에 대해서 왈가왈부할 형편은 못 되지만 어쩐지 이 본질적인 의문을 말끔히 해소할 수 있을 것 같지는 않았다. 어차피 한의사들 또한 전해져 내려오는 지식을 바탕에 두고 새로운 지식들을 얹혀 가며 공부했을 테니까. 딴죽을 건다기보다는 근본적인 것에 대한 의문이 들기 시작한 것이다.

그 의문을 쫓아가며 들었던 생각은 세상에 존재하는 것 중에 움직이는 기능이 있는 물건이나 생명체들은 기본적으로 에너지가 필요하다는 것이었다. 그런데 이 에너지라는 것은 에너지원에 따라 성질이 달라진다.

기계든 생명체든 저마다에게 알맞은 에너지원이 주입되었을 때 올바르게 작동한다. 가솔린으로 움직이는 자동차에 디젤을 넣으면 얼마 지나지 않아 고장이 날 테고, 우리가 하루에도 몇 시간씩이나 들여다보는 스마트폰에 기름을 넣을 수도 없을뿐더러 억지로라도 넣어 버린다면 남아 있는 할부금 생각에 분통이 터질 것이다.

그렇다면 인간에게 꼭 알맞은 에너지원은 무엇일까. 전자 장비나 기계들도 각자에 필요한 에너지에 맞게끔 설계가 되어 있듯, 인간도 그렇지 않을까. 내가 가진 지식으로는 도저히 이 물음에 답을 내릴 수 없지만 그래도 유추할 수 있을 것 같아 의문을 따라가 봤다.

기계는 분명 사람이 만들었다. 그렇다면 인간은 만들어진 것인가, 아니면 저절로 생긴 것인가. 시작부터 막히는 느낌이다. 내가 가진 사고로서는 태초에 어떤 존재에 의해 만들어진 것이 아닐까 싶다. 이토록 복잡한 생명체가 스스로 생겨났다고는 도저히

생각할 수가 없다. 무에서 무언가가 생겨나서 그것
이 변하고 변해서 지금의 형태를 가진 인간이 되었
다고 가정한다면(사실 무의 상태에서 아무리 미비할지라
도 어떻게 저절로 생겨난다는 건지. 에이~ 저절로 생겨났다는
것은 도무지 성립이 안 된다), 현재에도 진화 중인 생명
체가 있어야 한다. 적어도 내가 알고 있는 생명체 중
에 진화의 과정을 거치고 있는 것으로 여겨지는 것
은 없다. 진실은 알 길이 없지만, 인간이 어떤 존재
에 의해 만들어졌다고 여기는 것이 내 사고의 한계
인 것 같다.

　인간이 만들어졌다는 가정하에, 인간의 생김새에
대해 생각해 본다. 전방을 향해 있는 눈의 위치, 공격
적 성향이라고는 도통 찾아볼 수 없는 손가락과 손
톱, 타 동물에 비해 턱없이 부족한 달리기 성능을 가
진 하체와 근력, 가녀린 나뭇가지에도 쉽게 상처 입
는 피부, 거기에다 인간이 가진 치아와 턱관절의 구
조로는 고기를 뜯는 것도 불가능해 보인다. 육식동물
의 송곳니가 인간에게는 왜 없는 걸까. 음식물을 소
화시키는 위장의 형태와 길이도 초식동물과 유사한
모습을 하고 있다. 신체의 모든 형태와 기능들이 사

냥과는 거리가 있어 보인다.

다른 생명체들을 살펴봐도 역시나 그렇다. 각자에게 알맞은 생김새를 하고 있다. 육식동물들은 소화기관이 초식동물과는 달리 매우 짧다. 고기는 쉽게 부패하기 때문에 빠르게 소화시키고 배출해야 한다. 초식동물에게 없는 뾰족하고 커다란 송곳니와 발톱이 있는 것도 초식동물을 제압하기 위해서일 테다. 초식동물은 어떠한가. 그들은 송곳니 대신 식물을 분쇄하기 수월하도록 턱관절이 상하좌우로 움직인다. 육식동물의 턱관절은 상하로는 움직이지만, 좌우로는 절대로 움직이지 못한다. 강아지나 고양이만 보더라도 그렇지 않은가. 이는 각자에게 맞는 에너지원을 공급받기 위해 설계되었기 때문이다. 이런 식으로 조목조목 따지다 보니, 태초에 인간은 채집과 재배를 하도록 설계된 것이 맞다는 생각이 든다.

인간에게 필요한 모든 에너지원은 식물에서 얻을 수 있도록 태초에 누군가가 만들어 놓았다는 생각. 인간에게 꼭 맞는 에너지는 육식으로부터 공급받는 것이 아니라 식물에서 시작된다는 결론에 도달했다. 전부터 채식을 지지하고는 있었지만 특별한 이유가

있던 건 아니었다. 하지만 이 생각은 자연스레 '채식
지향'의 큰 이유가 됐다.

인간에게 알맞은 에너지가 식물에게 있다는 생각은
어디까지나 근거 없는 나의 추리에서 비롯된 것이니
어떻게든 이를 뒷받침할 합당한 근거를 찾고 싶었
다. 만약 그 근거가 정말 존재한다면, 나와 비슷한 생
각을 가진 누군가가 있다면 채식에 대한 확신이 들

것 같았다.

그래서 인간의 신체적 건강과 채식에 관한 자료를 찾아보기로 했다. 그러고 보면 우리가 참 편리한 시대를 살아가고 있음을 이런 순간에 체감한다. 통신 환경만 구축되어 있으면 그리 어렵지 않게 원하는 정보를 얻을 수 있으니까. 비록 가짜뉴스와 공신력이 부족한 자료 또한 범람하고는 있지만, 한정적 판단력°만 있다면 얼마든지 양질의 정보를 찾을 수 있다.

그리고 찾았다.

관련 자료를 찾는 도중에 깨닫게 된 것이 있다. 기본적으로 의학과 영양학은 엄연히 다른 학문이다. 이는 누구나 알고 있지만 다수의 사람들이 간과하고 있는 사실이기도 하다. 작은 무관심이 꽤나 큰 편견을 만들었다고 생각한다.

걸핏하면 병원을 찾는 사람도 있고, 반대로 병원 가길 지독하게 꺼리는 사람도 있다. 제아무리 병원을 싫어하는 사람이라도 한번쯤은 병원을 가 봤을 것이

° 오성(悟性)이 보편적 개념 아래서 특수한 것을 규정할 때 발휘되는 판단력. 칸트의 용어(출처: 표준국어대사전).

다. 면역력이 떨어지는 유년기에 감기나 몸살 따위로 말이다. 나는 잔병치레가 없는 타입이라 병원에 간 기억이 꽤 먼 옛날이다. 그래서 요즘은 진료를 어떻게 하는지 잘 모르긴 해도 예전과 크게 다를 것 같진 않다. 진찰을 받고, 주사 한 방 맞고, 처방전을 내어 주시며 약을 잘 챙겨 먹으라고 하실 터. 그와 함께 무심하게 한마디 던질 것이다.

"감기 나을 때까지는 가급적이면 닭고기, 돼지고기, 달걀 등등 먹지 마세요!"

이 한마디가 편견을 만드는 데 꽤나 큰 역할을 했다고 본다. 내 병을 치료해 주시는 분이 먹지 말라고 하였으니, 대체로 그 말을 믿고 따를 것이고 수일 후에는 병이 나을 것이다. 그리고 이런 경험이 누적될수록 의사의 말에 신뢰가 더해진다. 이로 인해, 우리는 질병이 생겼을 때나 혹은 예방 차원에서 피해야 할 음식이나 치료에 도움이 되는 음식에 대한 의문들을 자연스레 의사에게 의존하게 됐다.

이쯤에서 잠시 의학과 영양학의 사전적 의미를 살펴보면 다음과 같다.

- 의학 : 인체의 구조와 기능을 조사하여 인체의 보건, 질병이나 상해의 치료 및 예방에 관한 방법과 기술을 연구하는 학문
- 영양학 : 생물체의 영양 작용과 영양 상태 및 영양물에 관하여 연구하는 학문. 생명의 유지 및 심신의 건강을 유지하기 위한 학문

사전적 의미에 따르면 '선생님 건강하게 살고 싶습니다. 무병장수 하고 싶습니다. 어떻게 하면 되죠?'라는 질문은 의사에게 할 것이 아니라 엄연히 영양사에게 해야 한다. 의학은 고장 난 육신을 고치는 것에 참된 기능을 하며, 예방법은 영양학에서 더 많은 정보를 가져와야 한다. 이것은 의사라고 해서 모두 영양에 관한 것을 꿰차고 있는 건 아니라는 말이다. 의사들이 기본적으로 가지고 있는 영양학적 지식이 보통의 우리보다야 훨씬 방대하겠지만 전문 분야는 아닐 터. 의사들이 영양에 관해 하는 이야기에 신앙심 같은 믿음을 가질 필요는 없다(물론 환자를 너무나도 사랑하는 마음에 영양학을 공부하고 충분한 지식을 갖추고 계신 분들도 많을 것이다. 어디까지나 보편적인 기준에서 하는 말이

니 오해 마시길).

곰곰이 생각해 보면 지극히 당연한 것임에도 불구하고 어째서 우리는 철썩같이 믿었을까. 내 병을 고쳐 준 사람의 말이니 믿어야 한다는 건 의사가 준 믿음이 아니라 우리가 만들어 낸 편견일지도 모른다.

이 생각은 내 안에 수많은 편견들이 존재할 수 있다는 사실을 일깨웠다. 동시에 편견에 대한 환기가 필요하다고 느꼈다. 그리고 애초에 우리는 본능적으로 알고 있다. 건강과 음식이 직결되어 있다는 사실을. 기본적으로 인간의 질병은 육체로부터 시작된다. 우리의 의지와 상관없이 몸속으로 들어오는 먼지나 각종 세균, 환경호르몬들을 제외하면 에너지원이 되는 음식 이외에는 그 어떠한 것도 우리는 몸속으로 들이지 않는다. 이는 곧, 몸을 망치는 질병의 근원도 건강한 육신을 만드는 것도 인간의 속으로 들어오는 음식에 있다는 증거가 아닐까.

얼마 전 건강검진을 받았다. 검사 결과가 적힌 검진표에는 모든 게 정상 수치보다 좋으나 단백질이 부족한 편이니, 달걀과 살코기 위주로 고기를 섭취할 것을 권장한다는 문구가 있었다. 비만기가 살짝 있는 데다 운동량이 극히 부족한 내가 정상 수치보다 좋은 결과를 낳을 수 있었던 것이 달걀과 고기를 포함한 동물성 식품을 먹지 않아서인데(그렇다고 생각하는데), 다시 달걀과 고기를 먹으라고? 단백질을 얻기 위해 동물성 식품을 섭취하면 또 그를 통해 얻는 콜레스테롤은 어쩌란 말인가? 단백질을 얻자고 콜레스테롤을 높이라는 것인지?

만약 의학에 관한 편견을 계속 가지고 있었다면 어떤 선택을 했을지 모를 일이다. 채식을 올바르게 유지하려면 스스로가 중심을 확실히 붙들고 있어야 한다. 그렇지 않았다면 검진표를 손에 쥐고 신명 나게 고기 파티를 벌이다 다시금 복부 비만과 콜레스테롤을 잔뜩 획득했을 것이다. 단백질은 제대로 식사를 챙겨 먹는다면 채식을 통해서도 충분히 공급받을 수 있다.

어쩐지 음모론적인 것 같아 이야기하는 것이 상당히 꺼려지지만, 의사를 품고 있는 병원이라는 곳도 이젠 완전히 비즈니스의 굴레 속으로 들어가 버린 것 같은 기분을 지울 수 없는 것도 사실이다. 비즈니스의 관점으로 볼 때 질병을 가진 환자는 고객이며, 고객은 매출 증대에 반드시 필요한 자원이다. 병원 입장에서는 사람들이 적당한 질병을 가지고 있는 편이 좋을 것이다. 이런 생각을 떨치기가 참 힘든 것이 의사에게 진료를 받고 나면 꼭 또 다른 누군가가 등장해 마치 홈쇼핑에서 물건을 팔듯 약이나 예방 프로그램 따위를 권한다. 질병의 심각도를 떠나 몸이 아파 심신이 지친 사람에게, 혹은 그 불안한 마음을 이용해서 무언가를 판매하는 행위가 상술 같다는 생각을 지울 수 없다. 물론 모든 병원이 그런 건 아니지만, 그런 곳이 존재한다는 사실부터가 씁쓸한 기분이 들게 한다. 누구나 한번쯤 이런 경험이 있을 것이다. 물론 생명이 왔다 갔다 하는 심각한 상황에서까지 그렇게 하진 않겠지만 확실히 예전 같은 신뢰감이 생기진 않는다. 거칠게 말해 장삿속을 가진 사람들의 말에 신앙심에 버금가는 믿음을 가질 필요도 이유도 없다는 말이다.

반면 이와 상반되게 소신 있고 멋진 의사들도 많아서 채식과 건강에 관한 자료는 어렵지 않게 찾을 수 있다. 대표적으로 채식에 관심이 있는 사람이라면 누구나 알 법한 황성수 선생님과 임재양 선생님, 이 두

분의 이야기에만 귀를 기울여도 채식에 답이 있다는 사실을 알 수 있다. 두 분이 이미 삶으로 증명하셨기 때문이다. 두 분의 공통점은 '자연식물식'으로 질병을 치료하고 예방한다는 것인데 여기서 일일이 설명하기는 힘들 것 같다.

간략하게 이야기하자면, 임재양 선생님은 《제4의 식탁》이라는 책을 통해 만날 수 있고, 황성수 선생님은 검색 창에 '황성수'라고만 찾아봐도 수많은 정보가 나온다. 그중 가장 와 닿을 법한 건 '황성수 힐링스쿨' 홈페이지에 있는 환자들의 생생한 후기다.

빽빽한 텍스트가 부담스럽다면, 〈몸을 죽이는 자본의 밥상〉이라는 다큐멘터리를 권한다. 넷플릭스에서 볼 수 있다. 이 다큐멘터리는 비루한 내 추리가 허무맹랑하지 않았음을 대변해 주고 있었다. 다큐멘터리 감독은 가족력 때문에 건강염려증이 있던 사람이다. 자신의 건강을 염려하며 들었던 의문을 추적해 나가며 영상이 시작된다. 다소 공격적이며, 불편한 진실들을 들춰내 거부감이 들 수도 있지만 한번쯤은 고민하고 생각해 볼 문제들에 대한 이야기인 것은 사실이다. 이후의 반응과 행동은 어차피 각자에게 주어진 선택의 문제일 뿐. 하지만 분명한 건 우리가 어떤 선택을 하든 이미 일어났으며 현재도 진행되고 있는 문제라는 점에는 변함이 없다는 사실이다(아직 보지 않으셨다면 지금 당장 보시길).

또한 나는 내 마음에 확신을 심어 줄 한마디를 발견했다. 위대한 철학자 플라톤의 말이다.

"신은 우리의 몸을 보충하기 위한 그 무언가를 창조하셨다. 그것은 바로 나무와 식물과 씨앗들이다."

사랑의 부재에 대한 생각이 꼬리에 꼬리를 물어 멈
춘 곳이 '채식'이라니 어쩐지 뜬금없는 것처럼 느껴진
다. 그렇지만 분명하다고 생각한다. 채식과 사랑은 서
로 맞닿아 있는 하나의 커다란 이야기임에 틀림없다.

　채식, 그 시작은 명확했다. 온전히 나의 건강을 챙

기겠다는 열의로 가득 찬 마음에서 비롯된 것. 우선적으로 이것 이외에는 아무런 목적성을 가지고 있지 않았다. 그로 인해 몸과 마음이 건강해져야만, 나와 네가 아닌 제3의 존재를 사랑할 수 있는 상태가 될 것이라 여겼기 때문이다.

생각이 정리되고 얼마 지나지 않아 곧장 식단을 짜고 실천에 옮겼다. 채식에 관한 자료를 찾아봤을 때 비슷한 맥락으로 이야기하는 것들이 몇 가지 있었다. 그중 한 가지가 제대로 된 식단이라면 효과가 제법 빠르게 나타난다는 것이었다. 아니나 다를까 꽤나 빠르게 육신이 호전되고 있는 게 느껴졌다. 우선 화장실에서 보내던 시간이 현저히 줄었다. 이전에는 변기에 한번 앉았다 하면 15~20분은 기본이었는데, 3분 내외로 뒤끝(?) 없이 큰형님을 떠나보냈다. 변비로 고생하는 사람들은 공감할 것이다. 이미 그것만으로도 만족감이 엄청났다. 거기에다 코를 찌르던 악취도 나지 않았다. 휘파람을 불며 화장실을 나오는 장면을 어디선가 본 것 같은데, 이런 기분이었으려나.

그뿐 아니다. 식단을 지키는 것 이외에는 어떤 노력도 하지 않았는데 8킬로그램이 감량됐다. 그 덕에 몸무게가 정상 수치 안으로 들어왔고, 탐스러운 뱃살 또한 어딘가로 증발해 버렸다. 이렇듯 눈에 보일 정도로 빠르게 호전되는 몸을 지켜보는 일은 퍽 즐거웠다. 당시에는 이것만으로도 충분한 가치가 있다고 생각했다. 채식인으로 살아가기 시작한 지 겨우 두 달 남짓 되던 어느 날까지의 나는 그랬다.

평소와 다름없던 어느 저녁, 애청하던 프로그램, 즉 요리에 서툰 배우들이 의기투합해 하루에 세끼를 차려먹는 누구나 알 법한 그 예능 프로그램을 보며 저녁식사를 하고 있었다. 점심인지 저녁인지 모르겠지만 아무튼 그들은 어떤 메뉴를 만드는 중이었다. 한 사람이 새빨간 고깃덩이를 도마에 올려놓고 서걱서걱 칼질을 했고, 그 모습을 지켜보던 다른 한 사람은 입맛을 다시며 발을 동동거리는 모습이 눈에 들어왔다. 벌써 세 번도 넘게 본 프로그램이라 꽤 익숙한 장면이었다. 분명 그랬다. 아무렇지 않게 보던 장면인데 고기가 잘려 나가는 모습을 차마 보지 못하고 고개를 돌렸다.

'뭐지? 묘한 이 느낌은.'

똑바로 쳐다볼 요량으로 다시 TV 쪽으로 고개를

돌렸다. 애써 시선을 화면에 고정하곤 있었지만, 몸이 배배 꼬였다. 어쩐지 내 살점이 아픈 것만 같은 착각이 들 정도로 팔꿈치 안쪽 부분에 한기가 들었다. 한기를 지우려 손바닥으로 몇 번이고 쓸어내렸다. 익숙하지 않은 감정 속에서 허우적대고 있는 내가 당혹스러웠다. 애초에 느껴 보지 못한 기분, 이 낯선 느낌을 어찌해야 할지 몰라 일단 모른 체했다. 커다란 이불로 조금 전의 순간을 통째로 덮어 버렸고, 아무 일 없었다는 듯 식사를 마친 뒤 평소와 같은 하루를 보냈다.

그로부터 며칠 후, 일과를 마치고 아내와 함께 마트에 들렀다. 우리가 늘 장을 보는 마트의 식품 코너는 지하 1층에 있어서 반드시 에스컬레이터를 타야만 갈 수가 있다. 1층에서 에스컬레이터를 타고 내려오다 보면, 한쪽 벽면에 항상 배너(banner)가 촘촘히 걸려 있다. 배너에는 오늘 혹은 금주의 특가 상품 따위가 소개되어 있곤 하는데, 대체적으로 식료품 위주로 구성되어 있다. 아내와 나는 에스컬레이터를 탈 때 가만히 서서 가는 걸 즐기는 타입이다. 특히나 마트에서는 앞뒤로 나란히 서서 배너를 구경하는 걸 즐기곤 한다. 쏠쏠한 재미가 있는 둘만의 루틴이랄까.

그날도 어김없이 에스컬레이터를 타고 식품 코너로 내려가고 있었다. 그런데 배너를 마주한 순간 며칠 전 느꼈던 알 수 없는 감정들이 다시 찾아왔다. 예기치 않게 말이다. 배너 속 사진이 섬뜩하게 느껴졌다. 아직 생기가 느껴지는 어떤 동물의 사체. 어떤 동물인지, 어느 부위인지는 모르겠지만, 그 생명을 강제적으로 끊어 버리고, 가죽을 벗겨 살점을 도려낸 뒤, 적당한 크기로 잘라, 새하얀 접시 위에 올리고, 아직 온기가 남아 있을 것 같은 미치도록 빨간 살점에 조명을 비추고, 카메라의 셔터를 연방 눌러대는, 일체의 과정들이 머릿속에 스쳐 지나갔다. 여기서 그치지 않고 어렸을 적 덮어 버렸던, 잊고 싶었던 기억들이 뒤죽박죽 섞인 채 쉬지 않고 밀려 들어왔다. 내 의지와는 무관하게 누군가 강압적으로 머릿속에 욱여넣는 것 같은 기분이었다.

아주 어렸을 때 우리 집에는 '복실이'라는 강아지가 있었다. 난생처음 키운 강아지였다. 양쪽 눈이 축 처져 늘 억울해 보이는 얼굴을 하고 있었는데, 그 억울해 보이는 모습을 난 너무도 사랑했다. 젖을 뗀 지

얼마 지나지 않은 새끼를 부친께서 얻어 오셨다고 했다. 나 역시 제 몸 하나 추스르지 못할 정도로 어린 나이였지만 복실이를 돌보는 것은 내 몫이었고, 그 일을 꽤 좋아했다.

그 장면과 동시에 부친이 곰탕이라고 속여 내게 보신탕을 먹인 장면이 교차돼 내 머릿속을 헤집었다. 그때 얼마나 구토를 했는지 모른다. 복실이를 키우는 내게 보신탕을 억지로 먹인 부친이 이해도 되지 않을뿐더러 너무나도 미웠던 기억과, 그 이후부터 살점이 불에 구워졌든 물에서 익혀졌든 연한 갈색을 띤 채 가물에 마른 땅 마냥 쩍쩍 갈라져 있는 모양을 하고 있는 고기는 일절 입에 넣지 않았던 기억(적어도 스물한 살이 되던 해까지는 그랬다) 따위들이 계속해서 머릿속을 이리저리 유영했다.

장을 보는 내내 머릿속 한 귀퉁이에 이 기억과 함께 해괴망측한 어떤 생물이 내 허벅지를 뜯어 접시 위에 놓고는 입맛을 다시고 있는 장면이 이리저리 교차되며 끊임없이 뱅글뱅글 돌아가고 있었다. 몇 날 며칠 동안이나 무슨 일을 하든 무슨 생각을 하든 그 어느 한쪽 끝에는 이 장면이 계속해서 재생되고 있었다. 이러다 영원히 고통받는 건 아닐까 덜컥 겁이 났다. 그와 동시에 그동안 고기를 먹기 위해 휘둘렀을 나의 매정한 폭력들이 스쳤다. 나의 고통에는 이토록 예민한 주제에, 어째서 다른 존재들의 고통에는 그토록 관대했던 걸까. 모순 가득한 내 생각과 행동들이 너무나도 부끄럽게 느껴졌다. 세월호 사건을 공감하지 못하는 몇몇 사람들을 보며 혀를 끌끌 찼던 내 모습도 함께 떠올랐다. 이와 관련한 사연 하나가 문득 생각난다.

세월호 사건의 유가족들의 행동이 너무 과하다고 비판하던 택시기사에게 승객이 물었다.

"기사님의 자녀에게 그런 일이 터졌어도 이렇게 말할 건가요?"

"그거 하고 이거 하고 같냐?"

택시기사는 대뜸 화를 냈다.

그것과 이것이 같지 않을 이유는 무엇인가.

'그것과 이것은 완벽하게 같은 일입니다.'

나 또한 동물을 향한 폭력 앞에서 이 택시기사처럼 생각했고 말했고 행동했다. 그리고 떳떳했다.

고기를 먹는 행위 앞에 붙는 그 어떤 이유도 기껏

해야 합리화밖에 될 수 없다는 사실을 나의 모순을 통해 깨달았다. 어떤 소는 귀히 여겨 돌보고, 어떤 소는 거리낌 없이 먹어 버리는 것을 너무나도 이상히 여겼던 어린 시절, 주변 어른들에게 어째서 그런지 물었다. 돌아오는 답은 '식용이라서'였다. 당시에는 그렇구나 하고 대수롭지 않게 여겼다. 그리고 부끄럽지만 채식을 지향하며 살아가던 중에도 비슷한 생각을 가지고 있었다. 어차피 먹기 위해 키우는 건데 괜찮은 거 아닌가.

끔찍하고, 잔혹하며, 위험한 생각이 아닐 수 없다. 우리는 무슨 자격으로 동물을 인간보다 하찮게 여겨 생명 앞에 '식용'이라는 단어를 붙이는 건가. 그런 자격이 우리에게 주어졌던 적은 애초에 없다. 인체 실험을 감행했던 나치와 731부대의 만행을 생각하면 어김없이 가슴 깊은 곳에서부터 분노가 차오른다. 그 분노는 인체 실험을 당한 불쌍한 어떤 이를 향한 연민이고, 잔혹한 인간을 향한 화일 터. 그러나 고기를 소비하는 한 나는 동물들에게 나치와 같은 존재일 뿐 그 이상 그 이하도 아니다. 그렇게 폭력을 휘두르며 살육할 땐 언제고, 각종 미디어에 있는 귀여운

동물 콘텐츠를 즐겨 보며 '동물 친구'라고 생각한다. 내 강아지, 고양이는 귀엽고 소고기와 돼지고기는 맛있다. 한 발짝 물러나 내 행동을 들여다보니 딱 미친 놈이다. 망치로 머리를 강하게 맞은 것 같았다. 정신이 번쩍 들었다.

"그것과 이것은 완벽하게 같은 일입니다."

힘써 외면했을 뿐, 같은 일이다.

철학자 피타고라스는 이렇게 말했다.

"인간이 동물을 학살하는 한 서로를 죽일 것이다."

대문호 톨스토이는 또 이렇게 말했다.

"도살장이 존재하는 한 전쟁터도 존재할 것이다."

이 말이 어떤 의미를 품고 있는지 이젠 완전히 이해할 수 있게 됐다.

이날 이후로 나의 세계는 완전히 달라졌다. 한 걸음 물러나 스스로의 행동을 바라볼 수 있는 새로운 시선이 생겼다. 그 시선은 그동안 내가 얼마나 편협했는지 얼마나 배타적이었는지 일깨워 줬다. 나의 모순 가득한 태도는 동물에게만 향해 있는 것이 아니다. 내 이웃에게도 타인에게도 마찬가지였다. 이 생각은 여태껏 내가 배척했던 많은 것들을 이해하기 위해 노력할 수 있는 '여지'를 선물해 주었다. 이 태도를 잃지 않는다면 '여지'는 조금씩 자라나 이타적인 마음으로 성장하게 될 것이다. 나는 그렇게 믿고 있고, 그것이 결국은 사랑이다.

내 건강을 챙기기 위해 채식을 택했다. 오롯이 그 이유가 전부였다. 어째서인지 모르겠지만 인간은 스스로를 해치며 묘한 쾌감을 느끼는 것 같다. 그 쾌감이라는 감정을 느낄 때면 마약 성분과 흡사한 물질이 생겨나는 게 아닐까. 그 물질이 주는 쾌감을 잊지 못해 때가 되면 자해하고자 하는 욕구가 생기는 것은 아닐까 추측해 본다. 물론 사람마다 다르겠지만 적어도 나에게는 꼭 맞는 말이다. 이 추측이 어느 정도 맞다고 가정하면, 건강을 위해서만 하는 채식은 그리 오래가지 못할 것이다. 나를 파괴하고자 하는 욕망을 참기 어렵기 때문이다.

이를 지속시켜 주는 건 결국 동물권에 대한 도덕성이라 생각한다. 그것은 인간이 가지고 있는 품격이며, 사랑이다. 마약 성분의 유혹을 끊어 낼 수 있는 것도 결국은 우리가 가진 사랑에서 비롯되는 것이다. '결국은 사랑'이라 말하고 싶다.

비
건
푸
드
를
넘
어
비
건
라
이
프

아내와 내가 프리랜서로 일을 시작한 지도 어느덧 7
년째로 접어들었다. 처음에는 일거리가 너무 없어 생
활비니, 돈 관리니 뭐 이런 것 따위 아무 의미가 없었
다. 빈곤했던 시간이 터무니없이 길진 않았지만, 그
렇게 어영부영 살았더니 우리에겐 생활비니 용돈이

니 하는 개념이 없었다. 어쩌다 여윳돈이 생기면 사고 싶은 것을 사고, 평소에 엄두도 내지 못했던 값비싼 음식도 사 먹고, 또 없으면 없는 대로 꾸역꾸역 버티면서 지내기도 했다. 그렇게 5년 정도를 보낸 어느 날, 문득 '용돈'이라는 걸 가져 보고 싶다는 생각이 들었다. 지금까지는 개인적으로 갖고 싶은 물건이 생기면 서로에게 승인을 받아야만 살 수 있는 구조였다. 그렇다고 승인 절차가 팍팍하거나 눈치를 살펴야 하는 것은 아니었지만, 그래도 어쩔 수 없이 눈치를 살피게 된다. 우리는 너나 할 것 없이 '용돈'을 통해 이런 부분을 조금 매끄럽게 만들고 싶어 했었나 보다. 지나가는 말로 넌지시 "우리도 용돈 있을래?" 했을 뿐인데, 아내는 미끼를 덥석 물어 버렸고 우리에게도 용돈이 생겼다(후~ 좋은 거래였다).

용돈이라는 이름에서 오는 뉘앙스 때문인지 우리가 일해서 번 돈인데, 꼭 다른 누군가가 챙겨 주는 것 같은 기분이 들어 괜스레 가슴이 콩닥거렸다. 퍽 설레었는지 아내와 나는 용돈 받을 통장도 개설하고 체크카드도 만들었다. 이 순간을 기다렸던 것은 아니었지만, 마치 애달프려고 기다린 사람마냥 일사천리로 모종의 준비를 끝냈다.

'우리도 이제 매월 20일이 되면 통장에 용돈이 들어온다.'라고 생각하니 참 희한하게도 꼭 월급을 받는 기분이 드는 건, 왜 때문인지 모르겠다. 뭐 어쨌든 중요한 건 자유롭게 쓸 수 있는 돈이 생겼다는 점 아니겠나. 심지어 용돈에는 식비나 차비가 포함되어 있지 않다는 게 포인트!

갑작스레 용돈이 생기고 나니 잠잠했던 물욕이 스멀스멀 올라오기 시작했다. 마침 로션과 토너가 뚝 떨어지기도 했고, 꿈틀대는 물욕도 잠재울 겸해서 오랜만에 백화점을 가 보기로 했다. 우선 화장품을 구입하고 천천히 백화점을 둘러볼 요량이었다.

나는 어떤 물건을 구입할 때면, 제품이 가지고 있는 본연의 기능에 충실한 제품보다는 기능이 아주 뛰어나지 않더라도 특별한 스토리나 부가가치의 유무를 더 중시하는 편이다. 이런 까닭에 아주 큰 이변이 없는 한 특정 브랜드의 제품을 계속해서 사용한다. 좋게 이야기하면 충성도 높은 고객이고, 나쁘게 말하면 마케팅의 마수에 빠진 '호갱' 정도 되려나. 어느 정도냐 하면 옷이나 화장품은 말할 것도 없고, 한

번 구입할 때 목돈이 들어가는 자동차나 오토바이 같은 경우도 늘 똑같은 상품을 재구매한다. 정말이지 어지간해서는 타 브랜드로 갈아타지 않는다. 곧 죽어도 쓰던 걸 쓴다. 사정이 이렇다 보니 내가 고른 물건에 대한 맹목적인 신뢰와 긍정적인 선입견을 잔뜩 품고 있다(쓰다 보니 어딘가 문제가 있는 사람처럼 느껴지는데 착각이겠죠?).

아내는 그 사실을 잘 알고 있어서 아내가 쓰는 것들 중에 정말 괜찮은 물건이 있다고 해도 소개는 해줄지언정 절대 억지로 권하지 않는다. 거기에다 한결같은 내 취향을 존중해 주기 때문에, (고맙게도) 내가 구입하는 어떤 물건에 대해서도 별다른 코멘트를 달지 않는다.

이번에도 역시나 마찬가지였다. 백화점에 들어서자마자 여느 때처럼 늘 사용하던 로션과 토너를 구입했고, 아내는 역시 묵묵했다. 상품을 건네받고 다음 목적지로 이동하기 위해 에스컬레이터를 탔다. 그때 내가 왜 아내에게 그런 질문을 했는지 지금도 잘 모르겠다. 아마 별생각 없이 던진 한 마디였을 것이다. 당시에도 아내는 채식뿐 아니라 화장품, 샴푸, 세안

제 들까지 이미 비건 제품을 쓰고 있었다. 반면 나는 고기뿐 아니라 우유, 치즈, 버터, 달걀 같은 제품까지 먹지 않는 것에 대해 뿌듯해하며 스스로에게 심취해 있었다. 아내가 사용하고 있던 비건 제품에 대해서는 관심도 없었고, 그저 내가 동물성 식품을 일절 먹지 않는 것에는 꽤나 우쭐했다. 솔직히 말해 좀 재수 없는 느낌이랄까. 이 오만함 때문에 아내가 비건 제품에 대해 이야기할 때 대수롭지 않게 넘겼다.

여하튼 언제나처럼 에스컬레이터에서 앞뒤로 나란히 선 채 아내에게 물었다.

"그런데 비건 화장품은 정확하게 뭐가 비건이라는 거야?"

아내는 차분하게 동물 실험에 관해서 설명을 해 주었다(지금 생각해 보면 아내가 참 현명한 것 같다. 비건 화장품을 쓰면서 내게 사용을 강요하지 않고 이날이 오길 기다렸다니). 생각지도 못했던 부분이라 충격을 살짝 받았다. 동시에 머리가 상당히 복잡해지는 기분이 들었다. 순간적인 감정이긴 했지만 '굳이 이렇게까지 해야 하는 건가' 싶기도 했다. 이런 식으로 파헤치기 시작하면 끝내는 아무것도 할 수 없는 게 아닌가 싶었다. 게다

GO VEGAN

가 고기를 먹지 않는 것만으로도 충분하지 않나 하는 생각이 들기도 했다.

'내가 좋아하는 이 화장품으로 말할 것 같으면 향이 말이야 끝내주게 좋아서 향수를 뿌리지 않아도 된다고. 게다가 아침에 한 번 바르면 향이 꽤 오래 유지된단 말이지. 일석이조인 데다가 심지어 이거 바르고 피부가 얼마나 좋아졌는지 모를걸. 난 고기 안 먹잖아. 그걸로 충분히 내가 할 수 있는 몫을 다한 거야.'

'그래, 이 좋은 걸 왜 내가 포기해야 해? 그리고 나는 동물 실험이 어떤 형태로 행해지는지 보지도 못했어. 로션이 뭐가 나빠, 말이 동물 실험이지 테스트 같은 거겠지. 아마 괜찮을 거야. 이 로션을 내가 몇 번이나 썼는데 아무 이상도 없는걸 뭐.'

아내의 설명을 들으면서도 내 머릿속에서는 온갖 합리화가 난무했다. 그렇게 합리화가 나를 잠식하기 일보직전에 마음속 어딘가에서 희미하게 목소리가 들려왔다.

"결국 너도 똑같아. 말로는 사랑해야 한다고 하지만 행동은 다를 바가 없어. 네가 채식을 하는 이유는 건강 때문인 거야. 어디 가서 사랑이라는 말은 하지 마."

　가만히 내 생각을 들여다보니, 동물은 음식이라는 관습이 여전히 나를 강하게 지배하고 있었다. 그렇지 않고서야 어떻게 '먹지 않으면 된 거 아니냐'는 생각을 할 수 있단 말인가. 여전히 나는 동물보다 우월하며, 동물은 언제든지 나를 위해 희생되는 게 마땅하다는 생각을 잠재적으로 가지고 있던 것이다. SNS에 돌아다니는 동물 미담 중 주인을 지켜 낸 강아지나 고양이들의 이야기에 유독 강한 감동을 보이는 것도 어쩌면 이런 생각이 밑바탕에 깔려 있기 때문이 아닐까 싶었다. 채식을 하며 느낀 내 생각들이, 내 몸에 배어 있는 행동과 그 행동을 지지하는 생각들을 집어삼키기에는 너무 유약했던 것이다.

　어쩐지 부끄러움이 한번에 밀려왔다. 내 몸에 잔뜩 묻은 똥을 보지 못했던 것이다. 사람은 겸손해야 한다는 말이 괜히 있는 게 아니다. 뭐, 이런 거 다 떠나서 미안했다. 더 깊이 생각하지 못하고, 시각적으로 잔혹함을 느낀 부분에서만 반응하다니. 시각적인 게 중요한 게 아니라 어떤 가혹함이 행해졌다는 '팩트(fact)'가 중요한 것인데…… 아직 가야 할 길이 멀다는 생각이 들었다.

　나는 심각한 주문공포증이 있는 사람이다. 주문을 제대로 하지 못해 아내가 늘 대신 주문을 해 준다. 그런 내게 이미 사 버린 토너와 로션을 환불 받는 일은 불가능에 가까웠다. 그냥 쓰자니 마음에 걸리고 환불 받자니 생각만 해도 심장이 콩닥콩닥 뛰었다. 똥 마려운 강아지마냥 같은 자리를 뱅글뱅글거리고 있으니 차마 못 보겠는지 아내가 대신해 주겠다고 했다. 평소 같으면 다 죽어 가는 목소리로 "그래? 그럼 너무 고맙고."라고 했을 텐데 이번에는 어쩐지 그러면 안 될 것 같은 생각이 들었다. 스스로 환불을 받아야지만 앞으로도 계속 이 마음을 잊지 않을 수 있을 것 같았기 때문이다. 정말이지 내가 가진 최대치의 용기를 끌어모아 환불 요청을 했다.

　"저…… 죄송한데요. 환불 좀 해 주시면 안 될까요? 이미 선물이 들어온 걸 제가 깜빡했지 뭐예요? 하하하."

　굳이 하지 않아도 될 거짓말까지 해 가며 진땀을 빼 환불에 성공했다. 글을 쓰며 다시 생각해 보니 뻔한 거짓말을 왜 했나 모르겠다. 크게 잘못된 행동도 아닌데 말이다. 참 바보 같다.

　뭐 어쨌든 이날을 계기로 단순히 채식에만 그치지 않고 '비건의 삶'으로 전환하기로 다짐을 했고, 사랑에 대해 다시 한번 더 생각하게 됐다.

딜
레
마
를
극
복
할
수
있
을
까

화장품 환불 후, 내가 좋아할 만한 비건 화장품을 찾
는 게 퍽 번거롭게 느껴졌다. 비건 브랜드들은 저마
다 가진 철학이나 세계관이 비슷하다. 내가 찾고 싶
은 부가가치를 대부분 이미 기본 바탕에 깔고 시작하
거나, 세일즈 포인트가 기존 브랜드와는 다르게 어쩐

지 다들 착하다. 그래서인지 입맛에 맞는 물건을 고르기가 여간 어려운 게 아니다. 적어도 내 기준에서는 그렇다. 그리고 로션, 토너, 선크림 같은 기초 화장품에 애당초 관심이 없기도 하다. 내가 늘 쓰던 화장품도 사실 단순히 향 때문에 사기 시작했다. 단골 가게에서 나는 향을 참 좋아했는데 그 향과 유사하다는 이유였다. 거기에다 그 당시 갑자기 내 몸에서 '홀아비 냄새'가 나는 것 같다는 생각에 사로잡혀 있기도 했다. 내가 쓰던 그 화장품의 부가가치는 결국 향이었던 것이다. 그런데 잘 만든 비건 화장품들은 거의 대부분이 무향이다. 결론적으로 내겐 비건 화장품이라면 아무거나 상관이 없었다. 그러고 보니 그 이후로 지금까지 아내가 쓰고 있는 화장품에 숟가락을 얹어서 쓰고 있는 중이다.

돌이켜보면 채식을 하기 시작한 이후로 '홀아비 냄새'가 난다는 생각이 더 이상 들지 않았다. 신기하게도 동물성 음식을 먹지 않기 시작한 이후부터는 땀냄새도 그렇고 고약했던 발 냄새와 방귀 냄새도 홀아비 냄새와 함께 사라졌다. 동물을 먹지 않았더니 내몸에서 나는 불쾌한 냄새가 사라졌고 또 그걸 가려

줄 향이 필요 없게 됐다. 동물 실험이라는 무거운 주제를 군이 이야기하지 않더라도, 내가 쓰던 화장품의 부가가치는 이미 아무짝에도 쓸모가 없는 상태였던 것이다. 그러니 합리화까지 해 가며 고민할 문제도 아니었던 것이다.

화장품을 필두로, 세숫비누, 샴푸, 주방세제, 세탁세제 같은 일용품들을 하나씩 교체해 나가기 시작했다. 환경에 대해서는 이전부터 관심이 많았기에 꽤 오래전부터 일용품만큼은 친환경 제품을 사용하고 있었다. 시장이 제법 커졌는지 그때보다 선택지가 훨씬 다양해진 게 느껴진다. 마음만 먹으면 얼마든지 쉽게 구할 수 있고 심지어 기존의 공산품보다 품질면에서도 월등하다. 흠이라면 조금 비싸다는 것인데, 비싸게 느껴지는 것뿐 조목조목 따지고 보면 그리 비싼 게 아니다. 나 역시 잘 모를 때는 눈앞에 놓인 숫자에 쩔쩔맸다.

많은 기업들이 상품 가격을 낮추기 위해 우리 터전인 이 땅에 수많은 악행을 저질렀다. 그 값을 비용으로 환산해 제품의 원가에 넣어 버리면 되레 더 비싼 값이 나갈 것이다. 일용품만 그럴까? 우리가 입고 쓰는 대부분의 것들에는 이 땅의 골수가 녹아 있다. 이렇게 뽑아 쓰다가는 금세 바다나 황폐해질지도 모른다. 영화 〈인터스텔라〉에서처럼 말이다. 그러고 보면 수십 년 전 선생님들이 환경 보호에 대해 꽤 진지하게 말씀하셨던 게 기억난다(비건과 환경에 관한 이야기는 다음 장에서 계속하기로 하자).

그렇게 화장품과 일용품들을 교체하면서 문득, '앗! 그렇다면 담배는? 담배는 담뱃잎으로 만드니까 괜찮으려나. 아, 어디서 동물 실험한다는 기사를 본 것 같은데.' 하는 생각이 들었다.

마음속으로 깊이 기도했다.

'담배회사여, 제발 동물 실험하지 마라. 제발.'(책의 초반에도 잠시 이야기했지만 나는 엄청난 애연가다.)

기도가 무색하게 시쳇말로 '엄근진(엄격, 근엄, 진지)'한 표정으로 아내가 말했다.

"담배는 동물 실험함. 어쩔 거임?"

어디서 그런 자신감이 나왔는지 모르겠는데 꽤 거만하게 "안 피워야지."라고 말했다. 고백하건대 그 이후로 겨우 이틀 정도 피우지 않았을 뿐, 어림잡아 한 보루 정도는 더 태운 거 같다. 지금은 정신차리

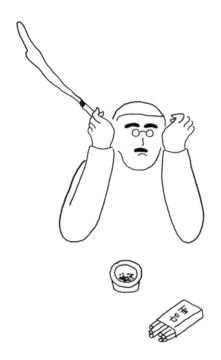

고 다시 금연을 하고 있긴 하지만 애연가인 내게 금연은 이루 말할 수 없을 정도로 큰 고통이다. 솔직히 언제 또 무너질지 모른다. 원고를 쓰고 있는 지금은 이를 악물고 제법 잘 버티고 있기도 하고, 이번에는 꽤 오래갈 것 같은 기분도 들지만, 자신 있게 앞으로 절대 담배를 피우지 않겠다곤 못하겠다. 담배를 두고 '딜레마'라는 단어를 꺼내기가 상당히 머쓱하고 부끄러운 마음이 앞서지만, 그럼에도 나에게는 역시 담배가 최고의 딜레마인 건 부정할 수 없는 사실이다.

이런 딜레마는 아내에게도 있다. 나 따위와는 비교도 안 될 정도로 심각한 딜레마다. 아내는 그림을 그리는 사람이다. 직업이 그림을 그리는 사람이라 아내는 늘 그림을 그린다. 디지털 작업도 하긴 하지만 99퍼센트가 페인팅 작업이다. 직업적으로 아내는 물감이나 미술재료를 사용할 수밖에 없는 형편이다. 그런데 미술재료에 종이며, 붓이며, 물감에 동물성 성분을 필요로 하는 것들이 꽤 있다. 더군다나 국내에서는 성분 정보를 찾기도 힘들뿐더러, 쓰던 제품을 대체할 만한 것을 구하는 것 역시 퍽 어렵다. 아내야말로 딜레마에 빠져 있는 사람이다. 해외 사이트에 올라와 있는 고마운 정보로 최대한 덜 쓰고는 있지만 재료에 대한 스트레스가 이만 저만이 아니다. 나 같은 건 명함도 못 내민다.

그동안 잊고 지냈던 건지, 아니면 몰랐던 건지, 그것도 아니라면 골치 아픈 문제를 생각하지 않을 요량이었는지 모르겠다. 인간은 참 지구라 불리는 이 땅과 동물, 식물 들에게 삶에 필요한 대부분의 것을 의지하고 살아가고 있다. 새삼 이런 부분들에 대해 생각해 보게 됐다.

상황이 이렇다 보니 아무리 모순을 행하지 않으려 해도 이념적 혹은 윤리적으로 접근한 '비건'으로부터는 반드시 모순이 생기기 마련이다(자본주의 사회에서 살아가는 우리는 이 모순으로부터 절대 벗어날 수가 없다. 단언컨대 단 한 사람도 존재하지 않을 것이다). 나 역시 아직도 모르는 게 참 많다. 한참 멀었다. 비건이 되겠다고 결심했지만 여전히 무지하고 흔들리고 불안하다. 이 거대한 세계관이 이야기하는 모든 규율들을 완벽하게 지킬 수도 없고, 그럴 자신도 없다. 그렇다고 아무것도 하지 않고 혀만 끌끌 차기보다는 어설프더라도 조금씩 실천하는 편이 더 좋다고 생각하는 것이다. 그게 맞다. 실수하면 어떻고, 완벽하지 않으면 어떠랴. 중요한 건 모순을 알아차리려는 노력과 관심, 그리고 무엇보다 모순을 줄여 나가는 것이다.

이렇게 말하니 '비건'이란 게 상당히 거창해 보이지만 사실 그리 특별할 것도 없다. 사랑하는 마음이 있다면 어렵지 않은 일이고, 오히려 지극히 자연스러운 일이다. 또 결국은 사랑인 셈이다.

그러니까 결국은 사랑

나는 세상만사 인간사는 사랑에서 비롯된 결과물이라고 믿고 있다. 인간이 저지른 일이라고는 믿기 힘들 만큼 끔찍한 일도, 마음을 후끈 달궈 주는 아름다운 이야기도, 그리고 각자에게 일어나고 있는 모든 일의 근원이 사랑이라고 생각한다.

채식을 시작하기 훨씬 전부터 진작에 그렇다고 믿고 있었다. 물론 그리 믿고 있다고 해서 내 삶이 사랑으로 가득했던 건 아니다. 이유는 간단하다. 나의 세계를 만들어 낸 철학이나 이념들 따위가 흠잡을 데 없이 완벽하다고 해도(그렇지도 않지만), 생각에만 머물러 있다면 결코 아무것도 될 수 없기 때문. 그저 무(無)일 뿐이다. 행하지 않으면 무인 채로 존재할 수밖에 없다.

아내를 만나기 전의 나는 행하지 않는 사람이었다. 그러니까 누구에게도, 무엇에게도 사랑을 주지 않았고, 또 받지도 않았다. 인간사는 사랑이라고 생각하는 사람이 사랑 없는 삶이라니 어딘지 말이 안 되는 것 같지만 실제로 그랬다. 그럴 만도 한 것이 주변에 온기를 느낄 수 있는 존재가 없었다. 혼자였다. 건조했다. 100퍼센트 건조. 건조된 식품들은 잘 상하지 않고 꽤 오래도록 괜찮은 상태를 유지하지만 하나같이 생기가 없다. 나 역시 그랬다. 꽤 잘 살아가고 있는 것처럼 보였지만 생기가 없었다. 멀쩡해 보였지만 바짝 말라 있었다. 건조되다 못해 바스러지기 직전의 상태로 아슬아슬하게 삶을 유지하고 있었다. 그러다 아내를 만났다. 가끔 아내를 만나기 전의 내 모습이 떠오르곤 한다. 그때마다 기분이 참 이상하다. 어쩐지 전생 같다고나 할까. 그때의 나는 꼭 내가 아닌 것만 같다. 전혀 다른 사람. 그 사람은 누구였을까.

아내를 만나고 최선을 다해 사랑했다. 물론 아내가 첫사랑은 아니다. 그렇지만 마치 처음인 것처럼 사랑했다. 우리는 많은 이야기를 나눴고 서로를 알아갔다. 그 시간이 더해질수록 건조했던 삶이 촉촉해져 갔고 생기가 돌기 시작했다. 더없이 좋았다. 그리고 참 행복했다. 누군가를 사랑하는 것이 인생에 있어서 이토록 큰 행복을 가져다 주다니. 아내를 만나기 전에 내가 했던 사랑은 뭐였을까. 그 또한 분명 사랑이었는데. 굳이 비교하고 싶진 않지만 아내를 향한 사랑에는 절실함과 간절함이 더해져서 그런 게 아닐까 싶다. 아내를 사랑하며 생각했다. 세상만사는 역시 사랑이라고. 인간사의 품질을 결정하는 데 가장 중요한 역할을 하는 것은 역시 사랑이다.

누군가를 사랑하면서 배우는 것들이 참 많다. 아내와 내가 서로 사랑하며 배운 감정들이 꼬리에 꼬리를 물어 채식에 닿았다. 그리고 채식은 동물과 이 땅을 사랑하라고 우리에게 말했다. 아내 이외의 존재를 사랑하는 게 아직은 많이 서툴다. 그래서 아직 갈 길이 멀지만, 우리는 계속해서 동물과 이 땅을 사랑할 것이다. 그렇게 사랑하며 배운 것들이 꼬리에 꼬리를 물어 또 어딘가에 닿을 거라고 믿고 있다. 미래를 예측할 재주는 없지만 그 종착지가 마지막 지점이 될 것 같은 느낌이다. 그 종착지가 바로 내 이웃이며, 당신이며, 어느 누구들이라 생각한다.

누군가 말했다. 인생을 살다 보면 누구에게나 세 번의 기회가 온다고. 이 말대로라면 나에게는 벌써 두 번의 기회가 왔다. 첫 번째는 아내를 사랑할 수 있는 기회였고, 두 번째는 채식을 하고 동물과 이 땅을 사랑할 수 있는 기회, 바로 지금이다. 나는 아내를 열렬히 사랑했던 마음으로 인생에 찾아온 두 번째 기회를 놓치지 않을 예정이다. 그리고 마지막 기회 또한 어쩐지 사랑에 관한 기회일 것만 같다.

"계속해서 사랑하겠습니다."

야채 수프

당근 ½

셀러리 ½

단호박 ⅔

토마토 2~3개

병아리콩 ½컵

양파 1개

페페론치노

파슬리

바질

소금   후추

월계수 잎
(없으면 말고)

* 모든 재료의 양은 개인의 취향에 따라 조절하세요.
  있으면 있는 대로, 없으면 없는 대로. 😊

1. 병아리콩을 2~3시간 정도 불린다.

2. 당근, 토마토, 단호박, 양파는 깍둑깍둑 썰어 놓는다.

3. 큰 냄비에 물을 4~5컵 정도 붓고 병아리콩을 넣어
   한소끔 끓인다.

4. 단호박, 당근 → 양파 → 토마토 순서로 넣고 월계
   수 잎 2~3개도 넣어 푸욱 끓인다.

5. 단호박이 뭉개질 정도로 익으면 잘게 썬 셀러리와
   바질을 넣는다.

6. 페페론치노와 소금, 후추는 간을 보면서 취향껏 넣
   는다.

7. 걸쭉한 농도가 되면 불에서 내린다.

8. 파슬리를 쫑쫑 썰어 수프에 듬뿍 넣어 맛있게 먹는다.

3.

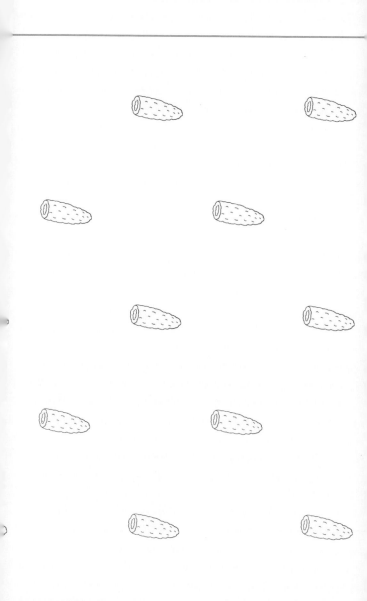

자
연
예
찬

2016년 즈음 아내와 나는 도시생활의 갑갑함을 견
디지 못해 시골로 이사를 갔다(지금은 다시 도시로 돌아
왔다). 당시에는 우리가 도시에 살고 있지 않다는 사
실 하나만으로도 그저 좋았다. 돌이켜보면 알게 모르
게 그곳에서 참 많은 것들을 배웠던 것 같다. 여전히

나는 자연으로부터 땅으로부터 많은 걸 배운다.

달이 낮게 뜬 날의 밤은 가로등 하나 없는 길도 환하다. 나는 여태 달빛이 그리 밝은지 미처 몰랐다.

흙이 많은 곳에서는 새벽이슬도 그만큼 풍성하게 생긴다. 나는 새벽이슬이 여러 작은 생명체에게 소중한 생명수가 될 거라고는 미처 생각지 못했다.

집 앞에 있는 작은 텃밭에는 항상 초록이 가득하다. 텃밭의 흙 속엔 눈에 보이는 것보다 훨씬 많은 생명체가 살아가고 있다. 너무 작아 존재하는지조차 인지하기 어려운 그 생물들이 없으면 이 땅의 많은 생명들이 굶주린다는 사실을 미처 깨닫지 못했다.

작은 텃밭의 세계는 내가 딱히 무언가를 하지 않아도 분주하게 돌아간다. 아침저녁으로 기분 좋게 불어오는 바람이 그 세계에 보탬이 된다는 사실도 뒤늦게야 알게 되었다.

뿐만 아니라 흙길이 이토록 푹신푹신한지, 아스팔트에 비해 걷기가 얼마나 편한지, 하늘에 별이 이렇게 많은지, 밤이 이토록 어두운지, 모든 것을 녹일 것 같이 무더운 여름조차 밤이 되면 얼마나 시원한지, 자연과 가까이 지내면서 알게 됐다.

가만히 생각해 보면 너무나도 당연한 것들을 우리는 당연히 느끼지 못하는 환경에서 살아가고 있지만, 그 사실조차도 잊고 지내거나 그럴 겨를조차 없이 바쁘다.

시골의 깊은 어둠은 처음에는 적응하기 어려웠다. 너무 까매서 무서웠다. 검은색 색종이를 온 세상에 붙인 것처럼 까맣다. 그러다 문득 깨달았다. 밤은 원래 까맣다는 걸. 처음 밤이 어둡다고 느꼈을 때 묘한 쾌감이 있었다. 잃어버렸던 감각을 찾은 느낌이랄까.

빛이 꺼지지 않는 도시에서는 밤에도 무언가를 해야 할 것만 같은 느낌이 강했다. 꼭 일이 아니더라도, 놀든지, 즐기든지, 누굴 만나든지, 무얼 배우든지, 모종의 어떤 활동을 해야 '아, 오늘 하루도 알차게 보냈다.' 이런 기분이 들었다. 낮과 밤의 경계가 모호해져 낮의 일과가 계속해서 연장되는 기분이었다. 그에 반해 시골에서의 밤은 너무나도 명료하다. 낮과의 완벽한 분리. 낮 동안 짊어지고 있던 짐을 내려놓는 느낌. 도시에서는 어느샌가 잃어버렸던 감각이다.

인공적인 빛이 없는 것과 더불어 시골의 밤은 소음도 거의 없다. 소리가 있다 하더라도, 전혀 거슬리

지 않는 자연의 소리다. 바람이 부는 소리, 바람과 잎이 만나는 소리, 잎과 잎이 부딪히는 소리, 각종 곤충들이 내는 소리. 낮에는 한없이 조용하다가 밤이 되면 그제야 들려오는 이 소리의 존재가 포근한 정적을 만들어 준다.

시간에 밀려 밤이 걷히고 나면, 간밤에 그런 어둠이 있었냐는 듯 청아한 빛과 함께 아침이 찾아온다. 아침은 새벽이슬이 머금고 있는 수분 때문인지 대기가 촉촉하다. 아침에 마시는 공기는 하루 중 가장 상쾌하다. 이슬 때문인지는 몰라도 청량감이 이루 말할 수 없다. 참 맛있다. 두 눈을 감고 귀를 막아 버린다 해도, 대기가 뿜어내는 기운만으로도 아침인지 알 수 있다. 청아했던 빛이 조금씩 풍성해지면서 대지에 빛이 한가득 들어차면 굳이 시계를 보지 않아도 낮이라는 걸 안다. 가만히 들여다보고 있으면 낮에는 사람뿐만 아니라 만물이 바삐 움직이는 것이 보인다. 저마다에게 주어진 역할을 톡톡히 해내고 있다. 그로 인해 이 땅이 계속해서 생명을 유지하고 있음을 깊이 느낀다. 그 모습들을 보고 있노라면, 어쩐지 나는 내게 주어진 역할을 하지 못하고 있는 것만 같다. 정확히 말하면 내 역할이 무엇인지도 모른 채 세상의 흐름에 휩쓸려 살아가고 있었구나 싶다.

자연의 정체성은 탄생의 순간부터 지금껏 언제나 확실했다. 인간의 편의를 위해 만들어진 인공물에 의해서 모호해졌을 뿐. 정체성이 뚜렷한 자연의 모습을 바라보며 생각했다. 원래 아침은 아침이고 밤은 밤인 것처럼, 내가 나였던 적이 지금껏 있긴 했을까. 그랬다면 그건 어떤 걸까. 아직 이 물음에 대해 명확한 답을 내리진 못했다. 그렇지만 이제부터라도 나다움을 찾거나 혹 없었다 하더라도 만들어 가야겠다는 생각을 했다. 자연을 지그시 바라보며, 자연스러움에 대해서 자연스럽게 생각했다. 어두운 밤, 귀뚜라미 소리를 들으며.

도시에서 긴 시간을 보냈다. 평생을 시간에 쫓기며 살았던 습성 때문인지, 시골에서의 삶도 결국 자연스럽지 못한 채로 마감했다. 자연스럽게 흘러가는 자연의 리듬이 옳다는 걸 깨쳤지만, 정작 그 리듬을 내 것으로 만들진 못했다. 도시의 흐름으로부터 해방되기 위해 숱하게 발버둥쳤지만, 어쩔 수 없이 나는 자본과 시간에 종속된 현대인이었다. 그래도 이젠 알고 있다. 우리는 도시의 일부가 아니라 자연에 속해 있던 존재라는 걸. 비록 시골에서의 삶은 막을 내렸지만, 어디에 있든 무엇을 하든 자연스러운 삶에 대한 동경은 여전히 품고 살아가고 있다. 내일은 오늘보다 더 자연스럽게 살길 소망하며.

"보통은 생명이 없는 우주에서 우리는 작지만 꽃이 피어나는 행성에 산다는 것, 우리가 행성의 존재라는 것을 늘 의식해야 한다. '행성 의식'이 꼭 필요하다."

– 한병철, 《땅의 예찬》

자연스러움

시골에 비해 도시가 척박한 것은 사실이지만 그렇다고 해서 도시가 도저히 살기 힘든 곳은 아니다. 그건 인간에게도 식물에게도 마찬가지다.

갈라진 아스팔트 사이, 겨우 한 줌도 채 되지 않는 흙도 모래도 아닌 것으로부터 피어난 이름 모를 잡초를 보면 알 수 있다. 주변을 조금만 눈여겨보면 이런 잡초는 꽤 많다. 아무것도 아닌 잡초라고는 하지만 나는 이 풀들을 보면 저절로 겸허한 마음이 든다. 한낮의 태양의 열기를 그대로 머금고 있는 뜨거운 아스팔트에서도 추욱 처져 있지 않는 잡초. 제 무게보다 수천, 수만 배 무거운 것들로부터 사정없이 짓이겨져도 다시금 피어나고, 몇 날 며칠 쏟아진 비 때문에 온몸이 젖고 잠겨도 이 식물은 또 그걸 이겨낸다. 눈길 한번 제대로 받지 못하고 제 이름조차 가지지 못한 그 하찮은 존재로부터 나는 경이로움을 느낀다. 이보다 강한 생명력을 가진 생물은 여태껏 본 적이 없다. 식물은 꼭 물 좋고 공기 좋은 환경에서만 자랄 수 있을 것 같다는 생각은 한낱 내 고정관념에 불과한지도 모른다.

지구나 우주의 관점으로부터는 이 또한 자연스러움일지도 모르겠다. 도시보다는 훨씬 자연에 가까운 시골에 살아가고 있었을 때는 이곳만이 정답이라고 생각했는데, 아스팔트 위에서 당당히 피어난 여린 풀을 보니 어리석은 확신이 괜스레 부끄럽다.

언젠가 아내가 내게 말했다.

"그거 알아? 길가에 흔히 피어 있는 샛노란 민들레는 서양민들레야. 서양민들레는 매연이 가득한 도로에서도 튼튼하고 예쁘게 자라나. 반대로 말야 그냥 민들레는 공기와 물이 깨끗한 곳에서만 살 수 있어. 우리가 자주 보는 민들레는 모조리 서양민들레인 셈이지."

매연을 가득 먹고도 만개할 수 있다니. 어쩌다 이렇게 된 걸까. 분명 태초에 그런 꽃은 존재하지 않았을 것이다. 지구의 시간으로 생각해 보면 매연이 생긴 지가 그리 오래지 않았을 테니 말이다. 척박한 환경에서도 어떻게든 살아가려는 민들레의 그 의지는 어디로부터 온 걸까.

우주는 인간의 언어로는 도저히 설명할 수 없는 신비로움이 가득하다. 자연스러움이라는 것은 태초에 어떤 존재가 만들어 놓은 질서인지도 모른다. 그 질서에 준하는 어떤 행위가 이루어졌을 때에야 비로소 완벽해지는 어떤 것을 우리는 자연스럽다고 하는 것 같다.

조금 넓게 생각해 보면 태양과 지구의 거리도 어째서 이렇게 기가 막힌 것인가. 그 거리가 조금만 가까워도 불바다, 조금만 멀어도 빙하로 가득한 세상이 된다. 또한 물은 어째서 이렇게 완벽하게 식물과 땅과 공기 중으로 순환하는 걸까. 동물이 내뿜는 탄소를 나무가 정화시켜 주는 일과 그 동물이 뿌리를 내려 움직일 수 없는 식물의 씨앗을 멀리멀리 퍼뜨려 주는 일은 어째서 이렇게 조화로운 걸까. 그 존재가 정립한 무수히 많은 질서가 무엇인지 속속들이 알지는 못하겠지만 그래도 절대적인 것을 하나 알고 있다.

지구상에 존재하는 모든 생물들, 즉 미생물은 물론이거니와 동식물, 인간, 심지어 바이러스까지 생명의 개념을 가지고 있는 모든 존재들은 공통적으로 가지고 있는 본능이 있다. 각 생명체의 DNA는 서로 달라도 그 속에 새겨진 가장 강력한 명령은 동일하다.

"살아라."

서양민들레(사실 민들레든 뭐든)가 매연이 뿜어져 나오는 도로에서 꽃을 피우는 것도 DNA에 새겨진 명령을 충실히 이행한 결과인 셈이다. 그러니 자연스러운 일이며 곧 질서의 '일부분'인지도 모르겠다.

시골에서 도시로 다시 이주할 때 어쩔 수 없는 선

택이었다고 계속해서 자위를 했다. 자연에 있다 도시로 가는 것이 상당히 부자연스러운 일이며 옳지 않은 것만 같았다. 허나 21세기를 살아가는 우리에게는 반드시 시골이나 자연친화적인 삶만이 정답이진 않다. 어느 곳이 되었든, 어찌 되었든 우리는 살아야 하니까 말이다.

우리는 여태껏 살아왔다. 어떻게든 살아왔다. 자문해 본다. 그렇다면 계속해서 무턱대고 살아가기만 하면 되는 일일까.

살
기

위
한

조
건

우리의 영혼 깊숙한 곳에 자리 잡고 있는 아주 강력
한 명령.

"살아라."

산다는 것의 의미는 생명이 유지되고 있는 상태
를 말한다. 특별한 경우가 아니라면 대부분의 생물들

은 생명을 유지하기 위한 조건 혹은 기본적인 시스템이 유사하다. 산소, 물, 각자에게 맞는 에너지, 영양분 같은 것들이 필요하다. 에너지나 영양분 같은 경우는 대체적으로 각자의 신체로 들이는 것이니 음식의 개념일지도 모르겠다. 깊게 파고들면 더 많은 조건이 있겠지만 기본적으로는 그렇다. 세 가지 중 어느 하나라도 부족하면 반드시 문제가 생긴다. 그리고 해결하지 않으면 죽는다. 예외가 없다. 모든 생물들은 살기 위해 산다.

음식은 각 개체에게 알맞은 형태가 있겠지만, 산소와 물 같은 경우는 모두에게, 만물에게 공통적으로 적용된 필수 요소다. 어쩌면 가장 중요한 것이기도 하다. 대체할 수 있는 것도 없을뿐더러, 기본적으로 저 두 가지를 스스로의 능력만으로 만들어 낼 수 있는 존재는 지구 상에 없기 때문이다. 반드시 필요하지만 스스로 만들지도 못하는 것을 심지어 모두가 함께 나눠서 사용해야 한다. 태초에 어떤 존재가 지구의 생명체들에게 이런 시스템을 적용시킨 이유가 뭘까. 이것이 의미하는 바는 무엇일까. 이 생각의 끝에 남아 있는 것은 자연스러움이었으며, 이는 곧 질서였다.

질서를 지켜야 하는 이유는 분명하다. '공존'이다. 다 함께 필요로 하는 것을 협력해서 만들어 또 같이 필요한 만큼 사용해야 한다. 그렇지 않으면 모두가 살지 못한다. 나는 공존이 자연의 기본적인 질서라고 생각한다. 이것이 자연스러움이며 질서이며 공존이라는 것은 이미 의무교육 기간에 배웠다. 누구나 알고는 있다는 이야기다.

물은 공기와 땅(흙)과 식물을 순환하며 만들어진다. 이 세 가지의 밸런스가 물을 만들어 내는 데 중요한 역할을 한다. 저절로 생기는 것이 아니라 세 가지의 순환이 원활하게 이루어져야 한다. 이를 원활하게 해 주는 것은 땅에 몸이 고정되어 있는 식물이 아니라 들판의 동물들이며 바람이며 곤충들이다.

사육장이 아닌 자연에서 살아가는 소는 한 곳의 풀만 먹는 것이 아니라 적당한 시기마다 옮겨 다닌다고 한다. 땅에게 쉼을 주고 풀에게 자라날 시간을 주는 것이다. 소가 머물며 남긴 배설물은 풀에게 양분이 되어 뿌리를 튼튼히 내리게 하며, 또 흙이 마르지 않고 항상 살아 숨 쉬게 한다. 그렇게 촉촉해진 땅과

풀은 대기 중으로 수분을 내뿜어 적당한 시기에 비를 내리게 한다.

식물은 초식동물의 양식이 되고, 초식동물은 육식동물에게 양식이 된다. 초식동물이 넘쳐나 풀이 사라지지 않도록 육식동물은 초식동물의 개체수를 조절해 준다. 어느 한 곳이라도 과하거나 모자라면 생태계는 흐트러져 버린다. 세상에 벌이 사라진다면 결국엔 세상의 초록이 사라져 버리고 마는 것처럼 자연의 생물들은 저마다의 이유가 있고 질서 정연한 흐름이 있다. 아주 커다란 원을 그리며 자연스럽게 순환을 하고 있다.

즉, 모두의 노력으로 모두에게 필요한 것을 만들어 함께 사용한다. 그래야만 우리는 살 수 있다. DNA에 새겨진 가장 강력한 명령이 동일한 이유도 어쩌면 이 때문인지도 모른다. 어디까지나 개인적인 견해이지만 확신한다. 우리는 공존해야 한다. 공존할 수밖에 없도록 태초에 누군가가 이렇게 만들어 놓았다. 새까만 우주에서 유독 빛나는 지구가 이토록 아름다울 수 있는 것 또한 공존의 결과물 아닐까.

자연의 순환이 만들어 낸 이 아름다운 곳에서 인간

인 우리는 지금껏 어떤 역할을 하고 있었을까. 과연 제 역할을 잘하고 있긴 한 걸까. 과거에는 어떨지 모르겠지만 21세기의 인간은 확실히 공존을 하려는 노력보다는 이 땅의 주인 행세를 하며 파괴하기에 바빠 보인다. 그 결과물은 수십 년 전부터 뉴스를 장식하고 있다.

아마존 열대우림의 위기는 이미 30년도 전부터 시작된 이야기이며, 빙하가 줄어드는 속도, 플라스틱으로 가득 찬 어느 바닷가, 멸종위기에 처한 동물들, 가뭄으로 인해 사막화가 되어 가는 땅, 엄청난 규모의 산불, 그뿐이랴 지금 이 순간에도 어딘가 또 무언가는 파괴되고 있을 것이다. 이런 생각을 하고 있노라면 지구 입장에서는 어쩐지 인간이 도통 쓸모없는 존재가 아닐까 싶기도 하다.

한때 '나는 아니다'라고 생각했다. 분리수거도 잘하지, 물도 아껴 쓰지, 쓰레기도 줄이려고 노력하지. 그렇지 못한 사람들이 문제라고만 생각했다. 오만한 착각이었다. 지금 우리가 겪고 있는 '기후 위기'는 모두의 책임이다. 우리가 지금껏 입고 쓰고 먹고(특히 고기) 소비했던 모든 것에는 기후 위기의 원인이 포함

되어 있다. 그리고 앞으로 소비하게 될 대부분의 것에도 마찬가지다. 자본주의가 지구를 점령하고 있는 21세기의 우리에게는 어쩔 수 없는 숙명이다.

그렇다고 해서 마음 편하게 운명을 받아들이고 살아가지는 않았으면 한다. 공존하는 삶에 보탬은 되지 못하더라도 최소한의 발자국만 남기면서 살아가는 방법을 모색해야 한다. 돌이킬 수 없는 순간이 오기 전에.

환경 과목을 아시나요

환경에 관심을 가진 지는 꽤 오래됐다. 환경이라고 하니까 어딘지 거창한 것 같지만 꼭 그런 건 아니다. 시작은 이랬다. 중학교 1학년 때까지 우리 집은 드라마 〈응답하라 1988〉에 나오는 덕선이 집과 비슷했다. 부엌을 관통해서 방으로 들어가는 구조였다. 방과 부엌이 전부였던 집이라 부엌에서 많은 걸 해야 했다. 밥도 하고 세수도 하고 무려 빨래도 부엌에서 했다. 이 세 가지를 수월하게 하려면 커다란 대야에 물을 담아 둬야 편했다.

그러다 중2 무렵 이사를 갔다. 내 입장에서는 갑작스레 신분 상승이라도 일어난 듯한 착각을 불러일으키기에 충분한 집이었다. 군이 비교하자면 덕선이 윗집 정팔이네와 흡사한 곳이었다. 무엇보다 더 이상 재래식 화장실의 고통을 느끼지 않아도 되는 수세식 변기와, 쭈그려 앉아 세수를 하지 않아도 되는 세면대가 있어 좋았다. 화장실과 세면대에 만족했던 게 지금까지도 기억에 가장 크게 남아 있다. 하지만 아무리 그래도 이건 그저 '그땐 그랬지' 하고 흘려보낼 수 있을 정도. 더 중요한 건 이사 후 흡사 강박에 가까운 버릇이 생긴 것이다. 대야에 담겨 있는 물을 덜어서 쓰는 생활을 하다가 세면대든 변기든 콸콸콸 흘려보내는 물을 쓰기 시작하고부터 수채로 흘러가는 많은 양의 물을 보는 게 고통스러웠다. 우리 집에서는 그나마 덜했는데, 친구 집이나 공공시설에서는 강박이 더 심해져 소변을 본 뒤 일부러 물을 내리지 않은 적도 많았다. 수도를 틀어 놓고 세수를 하는 건 상상도 못 할 일이라 세면대에 겨우 한 바가지 정도의 물만 받아 놓고 세수를 끝냈다. 이게 얼마나 몸에 배었는지 세수할 때 얼굴을 여러 번 행구기 시작한 것도 서른 살쯤 되어서야 겨우 가능해졌다. 그전에는 비누 거품만 걷어내는 정도였달까.

이 강박이 생겨난 배경은 당시 중학교 교과목 중에 있던 '환경'이라는 과목 때문이었다. 지금은 등한시되고 있는 과목이라는 것이 이해가 되지 않는다. 그때 배운 내용들이 모두 머리나 가슴에 남아 있는 건 아니지만 마치 마법이나 주술에 걸린 것처럼 지금까지 따라다니는 장면이 하나 있다. 꽤 오래전 일이라 조금 희미해지긴 했지만, 하루는 수업 중에 선생님께서 '영국은 산업화가 빨랐던 나라고 그 때문에 각 도시의 많은 하천들이 도무지 회복이 불가능할 정도로 오염됐다. 그러나 맑은 물을 향한 국민들의 염원과 노력으로 죽어 있던 하천을 살려냈다'는 이야기를 들려주었다. 그리고 마지막에 이런 이야기를 했다.

"물은 정화능력이 있기 때문에 깨끗한 물의 양이 많으면 죽은 하천도 살아날 가능성이 있단다."

중학교 시절의 내 행동 반경 안에는 '동천'이라는 천(川)이 있었다. 집 근처에는 있는 작은 천도 동천이었고, 초등학교 앞에 있는 커다란 천의 이름도 동천이었고, 중학교 앞에 있는 더 커다란 천의 이름도 동천이었다. 그땐 알지 못했지만, 지금 생각해 보면 내가 보고 자란 모든 동천이 죄다 연결되어 있는 천이었다. 이 동천을 사람들은 '똥천'이라고 불렀다. 애고 어른이고 할 것 없이 누구나 그렇게 불렀다. 그렇게 부를 만도 한 것이 동천 주변에서는 항상 악취가 났고, 불투명한 검은 액체가 천을 뒤덮고 있었다. 도저히 물이라고 하기 힘들 정도로 점성이 강해 보였다. 그리고 동천의 한쪽 끝에는 커다란 돌담 같은 것이 있었는데, 어림잡아 대형트럭의 바퀴만 한 지름의 배수로가 돌담에 박혀 있었다. 배수로에는 항상 폐수의 흔적이 보였다. 동천을 부모님과 함께 지날 때면 입버릇처럼 말했다.

"옛날에는 진짜 깨끗했는데. 저기서 개구리도 잡고 물장구도 치고 했었는데."

이 장면과 선생님의 마지막 멘트가 한동안 머릿속을 맴돌았다. 내겐 꽤 큰 충격이었다. 이 때문에 수채로 비눗물 따위가 내려갈 때마다 동천의 이미지가 떠올랐다. 아주 크진 않았지만 약간의 죄책감이 더해져 그런 강박이 생긴 것이다.

지금 생각해 보면 강박을 느끼던 어린 나에게 누군가 환경에 대해 조목조목 가르쳐 줬더라면 얼마나 좋았을까 싶다. 당연하게도 그런 멋진 일은 일어나지 않았고 강박의 형태는 괴상하게 변질됐다. 틀어진 물을 보는 게 괴로운 정도, 무의미하게 흘러가는 물이 싫어진 정도에 그친 것이다. 지금도 꽤나 물을 아껴 쓰려고 노력하지만 이 행위는 환경을 생각해서라기보다는 그저 무의미한 버릇에 불과하다.

환경에 대해 외면하는(혹은 파괴하는) 사람들을 보고 있노라면 화가 날 정도로 밉다가도, 이는 그들만의, 우리만의 문제가 아니라는 생각이 든다.

우리 부모님들은 대체로 교육 수준이 높지 않았는데다가 먹고살기 바쁜 때라 환경 보호 따위는 먼 나라 이야기였을 것이다. 게다가 우리가 자랄 때는 시험 점수를 잘 받는 것에 혈안이 되어 지구온난화나 오존층 같은 단어들을 외우기에만 여념이 없었다. 점수가 중요했을 뿐 그 의미는 뒷전이었던 것이다. 누구 탓을 하랴. 세상이 그랬는걸.

음식이나 채식에 관해 이야기할 때도 마찬가지다. 고기든 우유든 채소든 몸에 좋은 거니 편식하지 말고 골고루 먹으라고 배웠다. 편식을 하면 눈물이 쏙 빠지도록 혼이 났다. 먹을 수 있다는 사실을 감사하게 생각하라고 누누이 들었다. 그런 가르침을 받아 사회로 나왔다. 세상이 변했으니 부모님들 세대와는 다를 거라 생각했지만 마찬가지였다. 먹고살기 바빴다. 되레 경쟁은 더 치열해졌다. 삶도 버거워 죽겠는데 이제 와서 다시 고기 먹지 마세요, 우유 먹지 마세요, 이거 먹지 마세요, 저거 하지 마세요 같은 경고를 해 대니 화가 날 수밖에.

하지만 그럼에도 불구하고 부족했던 교육과 보살핌을 탓하며 외면했던 많은 것들에 대해, 우선은 제대로 바라볼 수 있어야 한다. 솔직히 그럴 여유와 그럴 수준은 진작에 갖춰졌다.

나는 환경이나 동물권을 위해 목소리를 내는 사람이 아니다. 방대한 지식을 가지고 있지도 않고, 사명감이 투철하지도 않다. 솔직히 이 두 가지를 지지하며 살아가는 일은 번거롭고 불편하기 짝이 없다. 원래부터 이로운 일들이 대개 그렇다. 몸에 좋은 것들이 입에는 쓴 것과 마찬가지다. 그럼에도 불구하고, 환경, 동물권을 위해 내가 할 수 있는 최선의 노력을 하며 살아가고 있다. 내 나름대로는 그렇다.

중학교 시절의 나는 몰랐다. 그렇다고 지금을 살아가고 있는 현재의 내가 잘 아는 것도 아니다. 아직 모르는 게 참 많다. 그때와 다른 점이라고는 겨우 하나 정도다. 적어도 인과관계에 대해 사유할 준비는 되어 있다는 것이다. 겨우 이것뿐이지만, 이것부터가 시작이라고 생각한다. 이 지구는 너무나도 소중한 우리 모두의 터전이다. 비록, 내 소유로 된 단 한 평의 땅이 없다 하더라도 시야를 조금만 넓혀 바라보면 귀중한 터전이라는 사실은 변함없다. 내 집, 내 방을 더럽히지 않으려는 마음과 환경을 보호하려는 마음은 전혀 다르지 않다. 괴상한 버릇을 이기지 못하는 중학생과, 사유하는 지금의 내가 다른 것은 겨우 이뿐이다.

이에 대한 내 사유의 결과가 바로 '채식'이다. 어차피 우리는 먹어야 한다. 살아야 하므로. 채식은 살아야 한다는 본능과 환경을 동시에 챙겨 갈 수 있는 꽤 괜찮은 방법이다. 거기에 '사랑'까지 더해 버리면 놀라운 변화를 당신에게 선물해 줄 것이다. 가장 합리적이며 가장 멋진 방법이라고 생각한다.

콸콸콸···

나를 이롭게, 동물을 이롭게 하는 동시에 지구 생태를 이롭게 하는 멋진 방법이 채식이라는 나름의 결론을 내렸지만, 앞서 말했듯이 이로운 것은 항상 불편하다. 왜 그런지 모르겠지만 좋기만 한 건 여태 본 적이 없다. 채식 역시 불편하고 성가신 고충들이 참 많다.

그중 가장 심각한 것 몇 가지를 이야기하면 다음과 같다(사실 이 몇 가지가 채식 생활을 방해하는 전부인 것 같다. 적어도 나는).

첫째, 먹는 데 투자되는 시간이 너무 많다. 예전에는 부모님께 각종 밑반찬들을 지원받았다. 든든한 밑반찬이 있으니, 국이나 찌개를 끓이거나 달걀말이나 달걀찜, 두루치기 등 한 번 먹기 좋은 음식들을 곁들이기만 해도 그럴듯하게 한 상이 차려졌다. 대체적으로 만들어 먹긴 했지만 비교적 수월했다. 시간에 쫓기는 날에는 배달음식이나 레토르트 식품들로 빠르게 한 끼를 해결할 수가 있었다. 배달음식의 비중이 그리 큰 편도 아니었고, 요리의 난이도를 떠나 매 끼니 요리를 했기 때문에 완전 채식으로 바꾼다 하더라도 먹는 게 조금 달라질 뿐이라고만 생각했다. 루시드 폴이 한때 밀었던 스위스 개그가 생각난다. 그건 완벽한 경기도 '오산'이었다.

우선 부모님께 지원받았던 밑반찬을 더 이상 먹을 수가 없었다. 모친으로부터 반찬을 받아 본 적 있는 사람이라면 알겠지만, 한식의 밑반찬 레퍼토리는 거의 비슷하다. 멸치볶음, 진미채, 장조림, 장아찌류, 김치류 등등 이런 반찬들은 나물 반찬들에 비해 보관 기간이 길기 때문에 센스 있는 우리 어머니들은 이런 반찬들 위주로 지원을 해 주신다. 우리 집도 마찬가지라 더 이상 받을 수 있는 반찬이 없었다. 멸치볶음, 진미채, 장조림 같은 경우, 동물성 재료가 베이스이기 때문에 먹지 않는 게 당연하고, 김치류는 모든 재료가 채소이긴 하지만 깊은 맛을 내기 위해 넣는 생선젓갈 때문에 먹을 수가 없다. 한식의 일등공신 중 하나인 멸치액젓조차도 먹지 않게 된 관계로 이제 더이상 부모님께 반찬을 받는 일은 불가능해졌다. 나 좋자고 부모님께 멸치액젓 넣지 말아 달란 말은 차마 못 하겠으니 말이다.

이렇다 보니 식사를 준비하는 데 시간이 꽤 늘었다. 예전 같으면 메인 반찬 하나만 만들고 밥만 담아내면 끝이었는데 이젠 밑반찬도 만들어야 하고 메인요리도 만들어야 하니 실질적으로 한 끼 식사를 차리는 시간이 늘어날 수밖에. 게다가 식단을 짜는 시간도 늘었다.

그뿐이랴 배달음식 중에는 우리가 마음 편히 먹을

수 있는 것이 거의 없는 데다가 레토르트 식품은 전
멸이라고 해도 과언이 아니다(요즘은 비건 레토르트 식품
이 꽤 있다. 전문적으로 만드는 곳이 많아졌다).

덧붙여, 우리는 간식까지 만들어 먹다 보니 주방에
서 보내는 시간이 더 길어질 수밖에 없다. 프리랜서
라 집에서 보내는 시간이 많았으니 망정이지 내가 만
약 직장인이었다면 얼마나 힘들었을까 싶다.

아침부터 저녁까지 아내와 나의 하루는 이렇다. 아
침식사를 간단히 하고, 책상에 앉아서 업무 준비를
하며 이것저것 정리하다 보면 금세 점심때가 된다.
끼니를 놓치면 능률도 안 생길뿐더러 아니 능률은 둘
째치고 기본적으로 정말이지 힘이 하나도 없다. 흐물
흐물해져 버린 쪽파 같아서 밥은 꼭 먹어야 한다. 먹
고 나서 간단하게 주방을 정리하고 다시 책상에 앉으
면 졸음이 밀려온다. 커피로 졸음을 쫓기도 하고, 주
로 가벼운 산책을 한다. 여기까지는 좋다 이거다. 중
요한 건 그러고 나서 이제 집중을 좀 해 보려 하면 또
저녁식사 시간이라는 거다. 어이가 없지만 어쩌겠나,
살려면 먹어야지. 이렇게 야무지게 저녁까지 챙겨 먹
고 나서야 겨우 일을 한다.

대체 왜 이런가 생각해 보면 요리를 하는 일이 생각보다 고되다. 원래는 그렇지 않았지만 노동의 강도가 높아져, 이것도 일종의 업무가 되어 버린 셈. 이 또한 일과 마찬가지로 1만 시간의 법칙이 적용되는 것은 아닐까. 시간을 쏟아부어 단련이 되어야만, 몸에 익어야만, 시간이 많이 걸린다는 둥 고되다는 둥 밥을 지어 먹는 게 고충이라는 둥 하는 볼멘소리가 나오지 않을 것 같다. 확실한 건 그 시간이 도래하기 전까지는 불편하고 수고스럽다는 것. 바쁘게 살아가는 현대인에게 채식 생활이 녹록잖은 이유 중 이 점이 어쩌면 가장 큰 문제일 것이다. 주변에 채식을 정말 잘할 것 같은 친구들이 꽤 있지만, 바로 이 때문에 쉽사리 채식에 도전하지 못한다. 직장생활을 하면서 채식을 고수하는 분들이야말로 시쳇말로 '찐'이다. 존경과 응원을 보낸다.

둘째는 외식이 힘들다는 점이다. 사실 이 때문에 식사를 만들어 먹을 수밖에 없기도 하다. 이건 지역마다 달라서 정확한 것은 아니다. 신진 문물이 가득한 지역에서는 남의 나라 이야기일지도 모르겠으나, 우리의 행동반경 안에서는 꽝이다. 이런 연유로 외출

할 때 짐이 많아진다. 어떻게 될지 모르니 최소한의 허기를 달래 줄 무언가를 챙겨 가려고 노력한다. 이마저도 예정된 외출이어야만 가능하다. 갑작스러운 외출은 낭패다. 그럴 때면 언제나 감자튀김이나 야채김밥 정도로 허기를 달랜다. 야채김밥이라 하더라도 햄이랑 맛살은 기본으로 들어가는 곳이 대부분이라 옵션 선택이 가능한 곳을 찾지 못하면 마음 놓을 곳이 없다. 사실 패스트푸드점의 감자튀김은 온갖 고기를 튀긴 기름이라 퍽 난감하다. 마음먹고 비건식당을 찾으면 괜찮은 식사를 할 수 있겠지만, 갑작스러운 외출에 그런 호사를 부리는 게 여건상 불가능에 가까운 경우가 허다하다. 다른 채식인들은 어떨지 모르겠지만 우린 밖에 나가면 항상 배가 고프다. 적어도 외식 걱정 때문에 외출이 꺼려지진 않았으면 하는 바람이다.

셋째는 디저트다. 사실 책의 초반에도 언급했지만 고기를 먹지 않는 것은 그리 어렵지 않은 일이었다. 고기보다 더 강력한 것이 바로 디저트다. 아, 뭐라고 해야 할까. 버터와 치즈는 확실히 악마의 음식이다. 그중에서도 버터 향은 정말이지 어마 무시하다. 평소

엔 먹고 싶은 생각이 전혀 들지 않다가도, 길을 걷다 뜬금없이 맡아 버린 버터 향이 사람을 참 초라하게 만든다. 하필이면 크로플같이 버터의 풍미를 잔뜩 머금은 것이 대세로 떠올라 버려서. 고작 그 향 때문에 한 사람의 소신이 무너질지도 모른다는 생각이 드는 것 자체가 어이가 없다. 그러다가도 새삼 버터의 위력에 감탄하기도 한다. 버터 향 하나에 갈팡질팡하는 내 모습을 보고 있으면 왠지 볼품없게 느껴진다. 가끔은 다 모르겠고, 갓 구워져 나온 크루아상을 양손에 쥐고 게걸스럽게 우적우적 씹어 먹고 싶은 생각이 간절할 때도 있다. 아내와 내가 사랑했던 디저트들은 죄다 우유, 달걀 뭐 이런 것들이 들어간다. 둘 중 하나는 어김없이 들어가기 때문에 그동안 즐겨 먹던 디저트는 못 먹는다고 해도 무방하다. 이를 해결하고자 각종 디저트를 만들어 보긴 했지만 버터의 풍미는 그냥 참을 수밖에 없다.

이 세 가지가 내 입장에서는 가장 힘든 일이다.

저마다 다른 이유로 채식을 꺼리고, 혹은 채식을 시작했다가 지속해 나가지 못하는 경우도 많다. 하지만 이 고통스러운 고충 이면에는 그것들을 잠재우고도 남을 만큼의 좋은 것들이 분명히 있다. 단순 무식하게 참고 견디는 수준은 절대 아니다. 그리고 가장 중요한 것은 사실 채식을 하며 느끼는 고충들은 대부분 찰나에 불과하다는 것이다.

단점은 시간이 갈수록 점점 익숙해지고 옅어진다. 그 과정이 쪼끔 힘들 뿐이다. 이 단점을 상쇄시키고도 남을 의미 있는 것들은 단점과는 다르게 옅어지지 않고 점점 진해질 것이다. 그리고 그것들이 나를 참 행복한 사람이라고 느끼게 해 주는 것 같다. 다시 말하면 결코 단점은 아니라는 것. 단지 불편한 것일 뿐이다. 불편한 게 꼭 나쁜 건 아니니까.

비
건
이
라
서

다
행
이
야

앞서는 채식의 고충을 이야기했으니, 이젠 좋은 점에
관해 잡담을 풀어 본다. 어디까지나 개인적인 경험이
라 절대적인 장점이 될 수는 없다. 그래도 채식에 관
심 있는 사람들에게 참고가 되었으면 하는 바람이다.

채식에 관심이 있다면 알겠지만, 채식주의자 즉 베

지테리언을 나누는 기준은 꽤 세세하다. 비건, 락토, 오보, 락토오보, 페스코, 폴코, 플렉시테리언. 냉정하게 이야기하자면, 비건을 제외한 부류는 채식만을 고집하는 것이 아니다. 따라서 채식주의자라고 부르기보다는 비육식주의자라고 부르는 게 맞다. 굳이 왜 '채식'주의자로 분류해 놓았는지 모르겠다.

채식주의자 자체가 사회적인 시각으로는 소수집단인데, 여기서 비건은 또다시 소수집단이 된다. 소수 중에서도 소수랄까. 보편적인 집단에 있었을 당시, 꼭 비건이 아니더라도 나는 충분히 소수들을 이해하고 있으며 포용할 수 있다고 생각했다. 그러나 막상 소수가 되고 나니, 생각하던 것과는 전혀 다른 세상이 펼쳐졌다. 이해할 수 있다고 생각했던 것은 오만한 착각이었다. 차별을 받지 않는 자들이 차별을 받는 자들을 온전히 헤아리는 것은 불가능하다. 짐작은 충분히 할 수 있을지라도 그들이 느끼는 감정은 그리 되어 봐야만 비로소 알 수 있다. 그 감정들을 온전히 느껴야지만 소수의 마음을 이해할 수 있고 차별이 일어나지 않을 가능성이라는 것이 생기는 것이다.

비건이 되기 전까지 나는 지극히 일반적으로 살아

왔다. 내가 소수의 대열에 합류하게 될 거라고는 상상도 못 했다. 소수가 되고 나니, 평소에는 전혀 눈치채지 못했던 불편과 무의식적인 차별들이 보이기 시작했다. 아, 물론 이런 불편이나 차별들에 대해 불만이 있진 않다. 그럴 수밖에 없다는 것을 잘 알고 있으니까. 사회라는 것은 어쩔 수 없이 최대한 보편에 가깝게 셋팅되어 있기 마련이니까. 결국 내가 소수가 되고 나서야 온전히 그들의 마음을 이해할 수 있게 됐다.

그러니까 내가 하고 싶은 말은, 채식의 장점은 소수를 이해하려는 마음이 아니라, 진심으로 이해하고 나니 공감능력이 향상됐다는 것이다. 가령 비건의 장점을 생각하다 보면 모두가 비건이 되면 좋겠다는 생각을 하면서도 그 선택을 하지 않는 자들에 대해서도 조금 더 이해하게 된다. 식생활을 넘어서 다른 것들까지 포용할 수 있는 마음의 여유가 아주 조금은 생겼다. 어디까지나 예전보다 그렇다는 것이다.

공감능력이 향상되고 나니 평소 이해되지 않거나 받아들여지지 않았던 어떤 것들에 대해 '그럴 수도 있겠구나.'라고 생각할 수 있는 작은 여유가 생겼다.

비록 포용력이 상당히 내재된 여유까지는 아니지만, 마음 한편에 작은 여유가 생기니, 말과 행동에도 조금씩 여유가 묻어나기 시작했다. 이를테면, 공공질서를 더욱더 잘 지키게 된다거나, 마트같이 번잡한 곳에서 '어깨빵'을 당해도 예전보다는 화가 덜 난다거나(안 나진 않음. ㅎㅎ), 운전할 때 양보를 더 잘하게 된다거나, 가게의 종업원들에게 진정성을 담아 인사를 한다거나, 뭐 등등. 어쩌면 대수롭지 않게 치부될 수 있는 행동일지 모르겠다. 아무 의미가 없는 것처럼 느껴질 수도 있겠지만, 생활 속 이런 작은 행동들이 부드러워지게 되고 또 켜켜이 쌓이고 나니 삶의 만족도가 올라가는 느낌이랄까. 마치 연쇄작용이 일어나는 것처럼 이 작은 행동들의 변화가 결국에는 인생을 바꿔 놓을지도 모르겠다는 생각까지도 들었다. 뭐 어쨌든 그만큼 좋다는 말이다.

타인을 공감하려고 노력할 때, 나의 시선으로 바라보게 되면 결국 편견에 사로잡히는 기분이 든다. 그래서 편견이 개입하려는 게 조금이라도 느껴지면, 나와 타인을 바라보는 제3의 시선을 만들곤 했다. 제3의 시선은 제법 멋진 객관적 판단력을 제공한다. 어떤 이유가 있었던 건 아니었지만, 이 시선으로 동물을 바라보기 시작했다. 공감의 마음을 가지고 동물을 바라보기 시작하니 사고가 확장되는 느낌이었다.

그동안 동물과 나는 불평등한 존재라고 생각했다. 그러나 먼발치에서 동물과 나를 바라보니 다른 종의 동물일 뿐 그 이상 그 이하도 아니었다. 서로가 사용하는 언어 체계가 달라서 그렇지 그들 역시 자신들의 언어로 소통하고 있다. 이는 '감정'이 있다는 것을 의미한다. 동물에게도 감정이 있다는 것을 우리는 알고 있다. 분명 알고 있다. 폭력을 무서워한다는 것을 알고 있다. 우리는 폭력을 나쁘게 생각한다. 그래서 우리는 반려동물에게 폭력을 휘두르지 않는다. 인간에게든 동물에게든 명분 없이 폭력을 휘두르는 사람을 보면 격노한다.

여기서 한 가지 의문이 든다. 반려동물에게는 폭력을 휘두르지 않으면서 소와 돼지와 닭에게 폭력을 휘두르는 이유는 무엇일까. 나는 이에 대해 합당한 답을 찾지 못했다. 이것과 그것은 다르다고 생각하는 이유는 뭘까. 무엇이 다르다는 말일까.

피터 싱어(Peter Singer)의 《동물 해방》이라는 책에는 송아지 고기가 만들어지는 과정이 나온다. 너무나 잔혹해 차마 옮기지도 못하겠다. 아내와 나는 그 대목을 읽고 한참을 울었다. 정말이지 너무나도 슬퍼 펑펑 울었다. 어미 소와 송아지의 기분을 떠올려보면 우리 눈물이 악어의 눈물처럼 느껴진다. 제3의 시선을 만들어 송아지를 나의 아이라고 생각해 보니 정말 미쳐 버릴 것 같았다. 내가 고기를 먹을 때마다 어떤 생명체는 이런 감정을 느끼고 있었을 것이다. 언어와 사고 체계는 비록 다를지라도 감정의 형태는 분명 흡사할 테니까. 혹 내게 군이 왜 그런 상상을 하냐고 묻는다면 분명한 대답을 하기는 어렵다. 어느 순간부터 내 의지와는 무관하게 반사적으로 불쑥불쑥 그런 생각이 들기 때문이다.

마트의 정육 코너에 진열된 고기를 보는 것이 어느 순간 힘들어졌다. 시뻘건 살을 보고 있으면 누군가의 살점이었던 고깃덩어리가 이곳에 진열되기까지의 과정이 그려지기 때문이다. 애초에 어느 생명체의 살점이었다. 누군가에게 죽임을 당했다. 글로는 '죽임을 당했다.'라고 간략하게 끝나지만, 실제로는 어떤 행위가 들어갔을 것이고 그에 따른 고통을 오롯이

받은 후에야 그 존재는 생을 마감했을 것이다. 그렇게 죽임을 당한 사체의 내장과 살점을 갈기갈기 찢어서 해체한 후에 어딘지 모를 창고들을 돌고 돌아 마트 진열대에 오른 것이다.

부디 한 번만 생각해 보자. 생고기를 바라보며 그저 군침을 흘릴 게 아니라 이 고깃덩이가 내 눈앞에 오기까지의 과정을 머릿속으로 곱씹으면서, 눈을 감고 고깃덩이가 만들어지는 각 과정들을 이미지로 떠올려 머릿속에서 시각화시켜 보자. 지성을 가진 당신이라면 무엇인지 알 수 없는 기분에 사로잡힐 것이다.

장점을 이야기하는 중이었는데 괜히 심각해졌나?

요약하면 공감능력이 생겼다거나 사고가 확장되었다거나 하는 것들은 형태가 없기에 아무것도 아닌 것처럼 느껴질 수 있다. 그러나 이런 생각들이 삶을 더 잘 살아가고 싶게 만든다. 더 잘 살아서 이로운 사람이 되고 싶게 만든다. 다른 것 다 떠나서 더 잘 살아가고 싶게 만드는 것만으로도 충분히 큰 장점 아닐까.

비
건
이

좋
은

세

가
지

이
유

앞서 말한 것들이 어쩐지 당최 감흥이 전해지지 않는 추상적인 장점이었다면, 반대로 현실적인 장점도 있다. 단점과 마찬가지로 공평하게 세 가지만 이야기해 보자.

첫째, '자~ 주방으로 한번 가 보자.'

우선 설거지가 편해졌다. 고기를 먹지 않으니, 기름을 씻어 내는 번거로움이 사라졌다. 설거지 비누를 살짝 묻혀 수세미로 두어 번 닦아 버리면 끝이다. 초간단한 설거지. 기름기가 주방에서 사라지는 것이 이토록 주방을 쾌적하게 만들 줄이야.

여기부터는 아내의 증언에 따라 기술한다. 아무래도 그 편이 더 좋겠다. 나는 주방에서 일어나는 크고 작은 일에 소질이 없는 데다 세심하지도 못할뿐더러 덤벙대기까지 해 주방 생활에서의 장점을 온전하게 전달하기 힘들기에…….

냉장고의 사이즈가 줄었다. 지금은 300리터가 채 되지 않는 사이즈의 냉장고를 쓰고 있는데, 공간도 많이 차지하지 않고, 만족스럽다. 간혹 '앗 이게 들어가나?' 싶은 적도 있었지만 아직 냉장고에 뭘 넣지 못하는 위기를 겪은 적은 없다. 냉동실에서 사라진 고기와 생선들 덕에 조그만 냉동 칸도 아직 자리가 많다. 기껏해야 다시마와 남은 밥, 빵, 견과류 같은 것들이 들어 있다. 얼린 고기가 없다는 사실만으로도 문을 열 때 쾌적한 기분이 든다. 우리는 음식물 쓰레기를 작은 밀폐용기에 담아 가득 찰 때까지 냉장고 한

밥
파
고추
견과류
잼
고추장
된장
팥
병아리콩
고춧가루
참깨
귀리
남은 야채
아몬드가루
통밀가루
야채
과일

다시마
빵

음식물 쓰레기

간장
식초
메이플시럽
대추야자 시럽
물
귀리우유

편에 두는데, 애초에 음식물 쓰레기가 많이 나오지도 않는 데다가 죄다 채소들이라 그것 또한 불쾌하지 않다. 채식을 하기 이전에는 내 입에 들어가던 똑같은 음식물인데도 음식물 쓰레기란 더럽고 고약한 존재였는데 말이다.

게다가 요리를 할 때는 또 어떤가. 도마를 육류용 · 어류용 · 채소용으로 구분할 필요가 없어졌다. 도마는 각종 채소를 써는 용도로만 쓰인다. 그리고 요리를 할 때 손에 닿는 재료들의 촉감이나 냄새가 좋다. 굳이 누린내나 비린내 같은 잡내를 없애기 위해 애쓰지 않으니 요리 과정이 한결 편하다.

기름을 사용하긴 하지만 동물성 기름이 빠진 조리도구의 설거지가 수월해진 점도 빼놓을 수 없다. 그릇을 씻다 보면 이 음식물이 내 몸속에 들어가서 어떻게 소화가 되고 흘러갈지 어느 정도 가늠할 수가 있다. 잘 씻기지 않는 기름때는 우리의 몸속에서도 쌓이고 쌓이게 될 것이라는 것을 짐작할 수 있을 것이다. 물만 사용해도 깨끗해지는 그릇은 몸과 마음을 한결 가볍게 만들어 준다. 이렇게 좋은 점이 헤아릴 수 없이 많은데 그전엔 뭐 그리 맛있는 걸 먹겠다고 그렇게 힘들게 식생활을 꾸려 왔는지 모르겠다. 그래 그땐 맛있게 먹었으니까.

채식을 하고 난 뒤 겪은 변화에 대한 여러 이야기들은 채식에 관심이 있는 사람이면 한번쯤 듣거나 읽어 본 경험이 있을 것이다. 모두 그런 건 아니지만 대부분의 사례가 비슷할 것이다. 다들 비슷한 이야기를 한다는 것은 그만큼 신뢰할 만한 말이 아닐까. 몸이 가뿐해졌다, 건강해졌다, 살이 확 빠졌다, 우려와는 달리 근 손실이 없다. 이게 두 번째 장점이다. 채식을 시작하게 된 계기는 저마다 다르지만, 결론이 이와 유사한 형태를 띠는 데는 이유가 있다. 우선, 정말로 생각보다 효과가 빨리 나타난다. 그 사실이 퍽 놀랍다. 음식물에 대해서 인간의 인체가 이토록 빠르고 유연하게 대처한다는 사실이 그저 놀라울 따름이다. 이 신비하고도 놀라운 사실을 누군가에게 전파하고 싶은 욕구가 생긴다. 좋은 것은 공유하고 싶은 마음이랄까. 이만큼 변화가 확실하게 눈에 띄는 것이 또 무엇이 있으랴. 변화에 따른 시각적인 이미지가 미치는 영향력은 엄청나다. 그리고 무엇보다 채식을 고민하는 사람들을 유혹하는 방법으로 이보다 효과적인 방법은 아직 없는 것 같다. 어쩔 수 없다. 외향적인 것과 건강은 시대를 초월하는 관심사니까. 내게도 이런 변화가 왔다. 당연히 만족했고 지금도 마찬가지다.

계속 이야기하고 있지만 나는 운동을 전혀 하지 않고 8킬로그램가량을 감량했다. 만인의 적이라 불리던 탄수화물을 배불리 먹고도 살이 빠졌다. 하루 세끼 배부르게 먹고 간식까지 챙겨 먹으면, 살이 빠지진 않더라도 더 이상 찌지 않는다는 사실이 나를 행복하게 했다. 그렇다고 지금 몸매가 뛰어난 건 아니다.

사소한 것일 수도 있지만 식사 외에 습관적으로 먹던 것들을 그만두게 됐다. 하루 일과를 마치고 영화를 보면서 무심코 (많은 양의) 과자들을 먹던 것이나, 외출하고 돌아오는 길에 만두며 디저트며 이것저것 사 오던 것을 그만하게 된 것이 어떻게 보면 단점 같지만 지금은 그렇게 변한 우리의 모습을 좋아한다. 우선 그렇게 생각 없이 집어먹는 것들은 개별로 보면 별것 아니지만 식비에서 생각보다 큰 지출을 만든다. 가랑비에 옷 젖듯이 어느새 돈은 사라지고 무거운 몸만 남아 있다. 그렇게 아낀 돈으로 좀처럼 내 돈으로 사기 힘든 샤인머스캣 같은 걸 사 먹곤 한다. 그리고 쌀이나 간장 같은 것을 살 때 조금 더 좋은 것을 살 수 있게 됐다. 결국은 같은 비용으로, 아니 어쩌면 더 저렴하게 맛도 좋고 몸에도 좋은 것을 먹을 수 있게 된 것이다. 아주 가끔 자극적인 음식이 사무치게 그리울 때가 있지만 이 모든 장점과 비교하면 그건 너무도 작은 단점이지 않을까.

셋째는, 가장 합리적이고 멋진 장점이다. 고기를 먹지 않는 것만으로도 기후 위기에 큰 도움이 된다는 것이다. 그저 채식을 하는 것만으로도 자신도 모르는 사이 자연의 생태 회복에 도움을 보태는 셈이 된다. 물론, 모든 활동들이 혼자서 해 봤자 아무런 소용이 없지만, 그 작은 활동들이 모이고 모여 결과를 이루는 것은 여느 것과 다름없다.

기후 위기를 이야기할 때는 '탄소 배출량'을 빼놓을 수가 없다. 그만큼 중요한 문제이자 핵심이기 때문이다. 탄소 배출량을 현저히 줄이지 않으면 근 미래에 돌이킬 수 없는 재앙이 닥칠 것이라는 경고가 쏟아지고 있다.

코로나19와 함께 최근에야 기후 위기가 수면 위

로 떠올랐지만, 많은 학자들은 오래전부터 경고했다.

'지구가 뜨거워지고 있다. 지구의 온도를 더 이상 높이면 안 된다.'

경고와 함께 지구의 온도를 높이지 않기 위한 방안도 함께 제시했다.

'탄소 배출량을 줄이자.'

'탄소 배출' 하면 가장 먼저 떠오르는 이미지가 커다란 공장의 굴뚝에서 구름처럼 피어나는 새하얀 가스나 자동차 머플러에서 뿜어져 나오는 매연이다. 그래서인지 모르겠지만 여러 매체나 정부에서는 자동차 이야기를 많이 한다.

그런데 자동차보다 '사육되고 있는' 소가 더 온실가스를 많이 배출한다는 사실은 알고 있는가? 1킬로미터당 100그램의 이산화탄소를 배출하는 자동차가 하루에 35킬로미터 정도를 주행한다고 했을 때, 소 한 마리는 이보다 두 배가량을 배출한다. 단순한 계산이긴 하지만 자동차의 매연을 줄이려는 노력보다 소를 덜 먹는 편이 비용적으로도, 실행에 옮기기에도 여러모로 훨씬 수월하다.

육류 소비를 줄이는 캠페인을 하는 게 전기자동차

엄마야……

를 개발하고 또 그 인프라를 구축하려는 노력보다 쉽다는 이야기다. 고기는 안 먹으면 그뿐인데, 전기자동차 인프라 구축을 위해 발생하는 탄소는 또 얼마나 많을까.

토바이어스 리나르트(Tobias Leenaert)의 《비건 세상 만들기》라는 책에는 이런 내용이 있다.

"고(故) 놈 펠프스는 그의 책 《게임 바꾸기》에서 사육, 가공, 소매를 합산하여 미국에서만 연 2.74조 달러 수익이라는 수치에 도달한다. 이 수치를 자동차 산업(제조, 판매, 서비스까지 합쳐서)이 올리는 '고작' 연 7,340억 달러 수익과 비교해 보자. 요리사, 요리책 작가, 요리 대회, 요리 수업 등 수익이나 성공을 위해 적어도 일부는 동물성 제품에 의존하는 문화 전체를 이 숫자에 더할 수도 있다. 의류, 오락, 연구 등에 쓰이는 동물은 아직 언급조차 하지 않았다. 이는 우리 사회가 얼마나 동물 이용에 의존적인지 보여 준다. 이 행성과 인류가 동물을 '연료'로 돌아간다고 해도 과언이 아니다."

얼마나 많은 양의 소가 사육되고 있는지 가늠도 되지 않는다. 이 소들이 뿜어내는 탄소는 상상을 초월하는 양이다. 뿜어내는 탄소는 그저 일부일 뿐이다. 탄소 발자국을 조사한 기관의 자료에도 축산업에서 그 수치가 가장 높게 측정되어 있는 것을 쉽게 찾을 수 있다. 완전히 먹지 않는 게 불가능하다면, 줄이기만 해도 엄청난 효과가 나타날 것이다. 합리적으로 생각해도 고기를 덜 먹는 편이 훨씬 낫다.

솔직히 환경운동을 적극적으로 하는 사람이 육식을 한다면 진정성을 의심받아야 한다. 그 사람을 나쁘게 이야기하는 것이 아니라 환경운동을 하는 사람이 이 사실을 모를 리가 없다는 말이다. 실제로 신념을 가진 환경운동가들, 스스로를 환경운동가라고 여기는 사람들은 죄다 '채식주의자'다. (너무나도 유명한 환경운동가이자 배우인 리어나도 디캐프리오도 비건이다.) 이는 그만큼 육식이 환경에 미치는 영향이 크다는 것을 의미한다.

요즘 환경을 생각하는 사람이 많이 늘었다. 당신이 만약 그런 사람이라면, 그런데 고기를 너무 사랑한다면, 먹어야지 먹으면 된다. 다만 소비량을 줄여 가면 된다. 처음에는 그걸로 충분하다.

채식은 이리 생각해도 저리 생각해도 정말이지 여러 가지 측면에서 가장 합리적이며 멋진 방법이다. 많은 사람들이 이토록 멋진 채식의 장점을 알았으면 좋겠다. 참, 좋겠다.

오
늘
의

한

발
짝

2020년부터 바이러스와 함께 흘러온 세상은 여러모
로 힘들고 어렵고 심지어 고통스러워졌다. 먹고살기
힘든 건 예나 지금이나 변함이 없는데, 우리가 컨트
롤할 수 없는 문제까지 생겨 버리니 말이다.

팬데믹 초기에는 지구 상의 많은 공장이 가동을 멈

추고, 사람의 이동까지 멈추면서 공기와 물이 맑아졌다는 뉴스 기사가 많았다. 결국 지구는 숨을 쉬고 싶었던 걸까. 기후 위기의 티핑 포인트(tipping point)가 오기 전에 어떤 신호를 보내는 것일까.

기후 위기 문제를 해결하기 위해서는 모두가 우리 환경을, 지구의 생태를 이렇게 만드는 데 일조했음을 인정해야만 한다. 나와 아내가 비건이 된 것 또한 우리의 수많은 잘못들을 반성하는 의미이기도 했고, 이 땅, 이 터전에 해를 덜 끼치며 살고자 하는 다짐이기도 했다. 우리는 여전히 갈 길이 멀고, 많이 부족하지만 매일 더 알아가면서 살고 있다.

걱정이나 자책만 하기보다는 어설프게라도 무언가를 행하는 것이 더 값지다. 산에 오르다가 힘든 순간이 오면 보통 발만 쳐다보며 걷게 된다. 하지만 꿋꿋하게 한 걸음씩 올라가다 보면 어느새 가파른 구간을 지나 아름다운 풍경을 맞이할 수 있다. 이처럼 모든 건 한 걸음 한 걸음이 중요하다. 환경 보호니 비건이니 하는 것들이 너무 멀게 느껴진다면 너무 멀리 보지 말고, 무리하지 말고, 코앞의 상황만 보며 전진하는 것도 괜찮다는 이야기다.

지구에 사는 한 동물로서, 사유할 수 있는 인간으로서, 부디 사랑을 잃지 않고 살아가길.

결론 : 채식은 즐겁다 !

우리는 초식동물과 닮아서

1판 1쇄 인쇄	2021년 6월 1일
1판 1쇄 발행	2021년 6월 10일

글·그림	키미앤일이

발행인	황민호
본부장	박정훈
책임편집	한지은
마케팅	조안나 이유진 이나경
국제판권	이주은
제작	심상운

발행처	대원씨아이㈜
주소	서울특별시 용산구 한강대로15길 9-12
전화	(02)2071-2095
팩스	(02)749-2105
등록	제3-563호
등록일자	1992년 5월 11일

© 키미앤일이 2021

ISBN   979-11-362-7785-5 03810